名家散文珍藏

贾平凹 散文

贾平凹 著

浙江文艺出版社

目录

静定思游

003
月迹

008
一棵小桃树

013
红狐

020
风雨

023
静

027
荒野地

030
落叶

033
天上的星星

037
一只贝

039
夜籁

046
文竹

050
云雀

054
燕子

058
桌面

061
树佛

063
晚雨

土石之缘

069
陶俑

075
动物安详

079
丑石

082
三目石

085
进山东

091
商州又录

113
黄土高原

120
白浪街

131
五味巷

138
在米脂

143
清涧的石板

149
走三边

说人论世

165
名人

184
说房子

173
关于父子

189
说孩子

180
说花钱

194
人病

似水年华

205
我的老师

230
西大三年

209
哭三毛

233
祭父

214
再哭三毛

246
纺车声声

222
我的小学

262
静虚村记

静定思游

欢乐到来,欢乐又归去,这正是天地间欢乐的内容。世间万物,正是寻求着这个内容,而各自完成着它的存在。

月　迹

我们这些孩子,什么都觉得新鲜,常常又什么都不觉满足;中秋的夜里,我们在院子里盼着月亮,好久却不见出来,便坐回中堂里,放了竹窗帘儿闷着,缠奶奶说故事。奶奶是会说故事的,说了一个,还要再说一个……奶奶突然说:

"月亮进来了!"

我们看时,那竹窗帘儿里,果然有了月亮,款款地,悄没声儿地溜进来,出现在窗前的穿衣镜上了:原来月亮是长了腿的,爬着那竹帘格儿,先是一个白道儿,再是半圆,渐渐那爬得高了,穿衣镜上的圆便满盈了。我们都高兴起来,又都屏气儿不出,生怕那是个尘影儿变的,会一口气吹跑了呢。月亮还在竹帘儿上爬,那满圆却慢慢儿又亏了,缺了;末了,便全没了踪迹,只留下一个空镜,一个失望。奶奶说:"它走了,它是多多的;你们快出去寻月吧。"

我们就都跑出门去,它果然就在院子里,但再也不是那么一个满满的圆了,尽院子的白光,是玉玉的,银银的,灯光也没有这般儿亮的。院子的中央处,是那棵粗粗的桂树,疏疏的枝,疏疏的叶,桂花还没有开,却有了累累的骨朵儿了。我们都走近去,不知道那个满圆儿去哪儿了,却疑心这骨朵儿是繁星变的;抬头看着天空,星儿似乎就比平日少了许多。月亮正在头顶,明显大多了,也圆多了,清清晰晰看见里边有了什么东西。

"奶奶,那月上是什么呢?"我问。

"是树,孩子。"奶奶说。

"什么树呢?"

"桂树。"

我们都面面相觑了,倏忽间,哪儿好像有了一种气息,就在我们身后袅袅,到了头发梢儿上,添了一种淡淡的痒痒的感觉;似乎我们已在了月里,那月桂分明就是我们身后的这一棵了。

奶奶瞧着我们,就笑了:

"傻孩子,那里边已经有人了呢。"

"谁?"我们都吃惊了。

"嫦娥。"奶奶说。

"嫦娥是谁?"

"一个女子。"

哦,一个女子。我想,月亮里,地该是银铺的,墙该是玉砌的;那么好个地方,配住的一定是十分漂亮的女子了。

"有三妹漂亮吗?"

"和三妹一样漂亮的。"

三妹就乐了:

"啊啊,月亮是属于我的了!"

三妹是我们中最漂亮的,我们都羡慕起来;看着她的狂样儿,心里却有了一股儿的嫉妒。我们便争执了起来,每个人都说月亮是属于自己的。奶奶从屋里端了一壶甜酒出来,给我们每人倒了一小杯儿,说:

"孩子们,你们瞧瞧你们的酒杯,你们都有一个月亮哩!"

我们都看着那杯酒,果真里边就浮起一个小小的月亮的满圆。捧着,一动不动的,手刚一动,它便酥酥地颤,使人可怜儿的样子。大家都喝下肚去,月亮就在每一个人的心里了。

奶奶说:

"月亮是每个人的,它并没有走,你们再去找吧。"

我们越发觉得奇了,便在院里找起来。妙极了,它真没有走去,我们很快就在葡萄叶儿上,瓷花盆儿上,爷爷的锨刃儿上发现了。我们来了兴趣,竟寻出了院门。

院门外,便是一条小河。河水细细的,却漫着一大片的净沙;全没白日那么地粗糙,灿灿地闪着银光,柔柔和和得像水面了。我们从沙滩上跑过去,弟弟刚站到河的上湾,就大呼小叫了:

"月亮在这儿!"

妹妹几乎同时在下湾喊道:

"月亮在这儿!"

我两处去看了,两处的水里都有月亮,沿着河沿跑,而且哪一处的水里都有月亮了。我们都看起天了,我突然又在弟弟妹妹的眼睛里看见了小小的月亮。我想,我的眼睛里也一定是会有的。噢,月亮竟是这么多的:只要你愿意,它就有了哩。

我们就坐在沙滩上,掬着沙儿,瞧那光辉。我说:

"你们说,月亮是个什么呢?"

"月亮是我所要的。"弟弟说。

"月亮是个好。"妹妹说。

我同意他们的话。正像奶奶说的那样,它是属于我们的,每个人的。我们就又仰起头来看那天上的月亮,月亮白光光的,在天空上。我突然觉得,我们有了月亮,那无边无际的天空也是我们的了:那月亮不是我们按在天空上的印章吗?

大家都觉得满足了,身子也来了困意,就坐在沙滩上,相依相偎地甜甜地睡了一会儿。

1981年

一棵小桃树

　　我常常想要给我的小桃树写点文章，但却终没有写就一个字来。是我太爱怜它吗？是我爱怜得无所谓了吗？我也不知道是什么怪缘故，只是常常自个儿忏悔，自个儿安慰，说："我是该给它写点什么了呢。"

　　今天的黄昏，雨下得这般大，使我也有些吃惊了。早晨起来，就淅淅沥沥的，我还高兴地说："春雨贵如油，今年来得这么早！"一边让雨湿着我的头发，一边吟些杜甫的"随风潜入夜，润物细无声"，甚至想去田野悠悠地踏青呢。那雨却下得大了，全不是春的温柔，一直下了一个整天。我深深闭了柴门，伫窗坐下，看我的小桃树儿在风雨里哆嗦。

纤纤的生灵，枝条已经慌乱，桃花一片一片地落了，大半陷在泥里，三点两点地在黄水里打着旋儿。啊，它已经老了许多呢，瘦了许多呢，昨日楚楚的容颜全然褪尽了。可怜它年纪太小了，可怜它才开了第一次花儿！我再也不忍看了，我千般万般地无奈何。唉，往日多么傲慢的我，多么矜持的我，原来也是个孱头。

好多年前的秋天了，我们还是孩子。奶奶从集市上回来，带给了我们一人一个桃子，她说："都吃下去吧，这是'仙桃'；含着桃核做一个梦，谁梦见桃花开了，就会幸福一生呢。"我们都认真起来，全含了桃核爬上床去。我却无论如何不能安睡，想这甜甜的梦是做不成了，又不甘心不做，就爬起来，将桃核埋在院子角落的土里，想让它在那儿蓄着我的梦。

秋天过去了，又过了一个冬天，孩子自有孩子的快活，我竟将它忘却了。那个春天的早晨，奶奶打扫院子，突然发现角落的地方，拱出一点嫩绿儿，便叫道："这是什么呀？"我才恍然记起了是它：它竟从土里长出来了！它长得很委屈，是弯了头，紧抱着身子的。第二天才舒开身来，瘦瘦的，黄黄的，似乎一碰，便立即会断了去。大家都笑话它，奶奶也说："这种桃树是没出息的，多好的种子，长出来，却都是野的，结些毛果子，须得嫁接才成。"我却不大相信，执着地偏要它将来开花结果哩。

因为它长得太不是地方，谁也再不理会，惹人费神的倒是那些盆景了。爷爷是喜欢服侍花的，在我们的屋里、院里、门道里，摆满了各种各样的花草。春天花事一盛，远近的人都来赞赏，爷爷便每天一早喊我们从屋里一盆一盆端出来，天一晚又一盆一盆端进去；却从来不想到我的小桃树。它却默默地长上来了。

它长得很慢，一个春天，才长上二尺来高，样子也极猥琐。但我却十分地高兴了：它是我的，它是我的梦种儿长的。我想我的姐姐弟弟，或许已经早忘却了，他们那含着桃核做下的梦，但我的桃树却使我每天能看见它。我说，我的梦是绿色的，将来开了花，我会幸福呢。

也就在这年里，我到城里上学去了。走出了山，来到城里，我才知道我的渺小；山外的天地这般大，城里的好景这般多。我从此也有了血气方刚的魂魄，学习呀，奋斗呀，一毕业就走上了社会，要轰轰烈烈地干一番我的事业了；那家乡的土院，那土院里的小桃树便再没有去想了。

但是，我慢慢发现我的幼稚，我的天真了，人世原来有人世的大书，我却连第一行文字还读不懂呢。我渐渐地大了，脾性也一天一天地坏了，常常一个人坐着发呆，心境似乎是垂垂暮老了。这时候，奶奶也去世了，真是祸不单行。我连夜从城里回到老家去，家里人等我不及，奶奶已经下葬了。看着满屋的混乱，想着奶奶往日的容颜，不觉眼泪流了下来,对着灵堂哭了一场。天黑的时候,在窗下坐着,一抬头,却看见我的小桃树了;它竟然还在长着,弯弯的身子,努力撑着的枝条,已经有院墙高了。这些年来,它是怎么长上来的呢?爷爷的花事早不弄了,一摞一摞的花盆堆在墙根,它却长着!弟弟说:"那桃树被猪拱折过一次,要不早就开花了。"他们曾嫌它长得不是地方,又不好看,想砍掉它,奶奶却不同意,常常护着给它浇水。啊,小桃树,我怎么将你遗在这里,而身漂异乡,又漠漠忘却了呢?看着桃树,想起没能再见一面的奶奶,我深深懊丧对不起我的奶奶,对不起我的小桃树了。

如今,它开了花了,虽然长得弱小,骨朵儿也不见繁,一夜之间,花竟全开了呢。我曾去看过终南山下的夹竹桃花,也去领略过马嵬坡前的水蜜桃花,那花儿开得火灼灼的,可我的小桃树,一颗"仙桃"的种子,却开得太白了,太淡了,那瓣片儿单薄得似纸做的,没有肉的感觉,没有粉的感觉,像是患了重病的少女,苍白白的脸,又偏苦涩涩地笑着。我忍不住几分忧伤,泪珠儿又要下来了。

花幸好并没有立即谢去。就那么一树,孤孤地开在墙角。我每每看着它,却发现从未有一只蜜蜂去恋过它,一只蝴蝶去飞过它。可怜的小桃树!

我不禁有些颤抖了:这花儿莫不就是我当年要做的梦的精灵吗?

雨却这么大地下着，花瓣儿纷纷零落去。我只说有了这场春雨，花儿会开得更艳，香味会蓄得更浓，谁知它却这么命薄，受不得这么大的福分，受不得这么多的洗礼，片片付给风了，雨了！我心里喊着我的奶奶。

雨还在下着，我的小桃树千百次地俯下身去，又千百次地挣扎起来，一树的桃花，一片，一片，湿得深重，像一只天鹅，羽毛渐渐剥脱，变得赤裸的了，黑枯的了。然而，就在那俯地的刹那，我突然看见那树的顶端，高高的一枝儿上，竟还保留着一个欲绽的花苞，嫩黄的，嫩红的，在风中摇着，抖着满身的雨水，几次要掉下来了，但却没有掉下去，像风浪里航道上的指示灯，闪着时隐时现的嫩黄的光，嫩红的光。

我心里稍稍有些安慰了。啊，小桃树啊！我该怎么感激你？你到底还有一朵花呢，明日一早，你会开吗？你开的是灼灼的吗？香香的吗？我亲爱的，你那花是会开得美的，而且会孕出一个桃儿来的；我还叫你是我的梦的精灵，对吗？

1981 年 3 月 14 日

红　狐

　　×，你是不曾知道的，当我借居在这间屋子的时候，我是多么的荒芜。书在地上摆着，锅碗也在地上摆着。窗子临南，我不喜欢阳光进来，阳光总是要分割空间，那显示出的活的东西如小毛虫一样让人不自在。我愿意在一个窑洞里，或者最好是地下室里喘气。墙上没挂任何字画，白得生硬，一只蜘蛛在那里结网，结到一半蜘蛛就不见了。我原本希望网成 个好看的顶棚，而灰尘却又把网罩住，网线就很粗了，沉沉地要坠下来。现在，我仰躺在床上，只觉得这荒芜很好，我的四肢越长越长，到了末梢就分叉，是生出的根须，全身的毛和头发拔节似的疯长，长成荒草。

宽哥说，这屋子真是一座荒园。

我说，那就要生出狐狸精的。

十多年来，我读《聊斋》，半夜三更的时候，总祈盼举头一看，其实是已经感觉到了，窗的玻璃上有一张很俏的脸，仅仅是一张脸，在向我妩媚。我看她，她也看我，我招之，她便含笑，倏忽就树叶般地飘进来——这样祈盼着，并没有狐狸进来，我猜想那时我的火气太重，屋子里太整洁，太有规矩。于是清早起来，恹恹地发困，便疑心窗外的那一株垂柳是一个灵魂在站着，她是站着成了一株柳的。

如今的冬夜，从月下归来，闻见了谁家的梅。入我的荒园里，并没有随我而入的另一双鞋，影子也没有了。我坐在炉子边烧茶，听着水响和空间里别的什么声音，独自喝了一杯又一杯。忽地想起李太白诗：

> 两人对酌山花开，
> 一杯一杯复一杯。
> 我醉欲眠卿且去，
> 明朝有意抱琴来。

冬夜里没有梨花开，新窗外有三棵槐，叶子都落了，枝丫在颤起细的韵。我也没喝酒，亦不想睡，想着真有狐狸的吧。

狐狸并没有。

但也就在明日,却有人抱了琴来。抱琴人是个矮个男人,就是宽哥,说,我知道你寂寞。这是一架古琴,钟子期与伯牙相识的那一种古琴,弹《高山》《流水》的那一种古琴。

宽哥也是寂寞的人——其实谁都寂寞,狼虎寂寞,猪也寂寞——因为精神寂寞,他学了五年琴。他把琴送与我,我却不懂得琴谱。他明明知道我不懂得琴谱,他竟要送琴。

琴就安置在我唯一的桌子上,琴成了荒园里最豪华的物体,我觉得一下子富有了。那个捡来的啤酒木箱盖做成的茶几,如果上边放着烂碟破碗,就是贫穷的表现,而放着的是数百元的茶具,这便成一种风格。现在又有了古琴,静坐在茶几边的我静得如一块石头,斜睨了那古琴,一切都高雅了。

三日过去,五日过去,《聊斋》的书已不再读,茶是越来越讲究了档次,啜品中记起一位才女叫眉的曾与我论过茶,说民间流行一种对茶之态度如对性的态度的算卦辞,而世上最能品茶的是山中的和尚,和尚对性已经戒了,但那一种欲转化了对茶的体味。我那日还笑她胡诌,而这日记起,很觉有趣。我虽有五台山买来的木鱼,却怎么能把自己敲出个和尚来呢?侧了头瞧桌上的琴,默默一笑,这一笑就凝固了一段历史,因为那一瞬间我发觉琴在桌上是一个平平坦坦的睡着的美人。

　　山里的人夏日送礼，送一个竹皮编的有曲线的圆筒，太热的人夜里可以搂着睡眠取凉，称作凉美人。这琴在那里体态幽闲，像个美人，我终于明白宽哥的意思了。×，那时我真有一份冲动，竟敢放肆，轻轻地走近去，分明感觉到她已经睡着了，鼾声幽微，态势美妙，但我又不敢惊动，想她要醒过来，或者起身而站，一定是十分地苗条的。那琴头处下垂的一绺棉絮，真是她的头发，不自觉地竟伸手去梳理，编出一条长长的辫子，这么好身材的，应该是有一条长辫的。

　　这一个夜里，夜很凉，梦里全是琴的影子，半醒半寐之际，倏忽听得有妙音，如风过竹，如云飞渡，似诉似说。我蓦地翻身坐起，竟不知了身在何处。没月光的夜消失了房子的墙，以为坐在了临水的沙岸，或者就完全在水里。好长的时间，清醒过来，拉开灯绳，四堵墙显出白的空间，琴还在桌上躺着。但我立即认定妙音是来自琴的，这瞒不过我的，是琴在自鸣了！

　　×啊，有琴自鸣，这你听说过吗？三年前咱们去植竹，你说过的，竹的魂是地之灵声，植下竹就是植下了音乐。那么，这琴竟能自鸣，又该是怎样一个有灵的魂呢？

　　从此每日进屋，就要先坐于琴旁。人在屋外，想有琴在家，坐于琴旁了，似守亲爱的人安睡，默默地等待着醒来。由是又捧了《聊斋》来读，终信了这是一份天意。有闲书上讲，女人是一架琴，就看男人怎么调拨，好的男人弹出的是美乐，孬的男人弹出的是噪音。这样的琴，不知道造于哪块灵土上的灵木，制于何年何月的韶光月下，谁曾经拥有过它，又辗转了多少春秋和人序，可她，终于等待到了来我的屋中，要为我蓄满清音，为我解消寂寞，要与我共同创造人间的一段传奇！这样的尤物今生今世既然与我有缘，我该给它起个好名儿来的。

我真的耗费了许多心思，叫她"等待"似乎太硬，叫"欲语"，又觉无力，"半生缘"又偏俗了，"一段不了"，还嫌玄虚。住到这屋子里，我是因了兼职了一个教授职名赚的，门框上我曾写了"半闲半忙作文章，似通不通上课堂"，我这样的人过这样的日子，起怎样的名字给她呢？我坐在她的身旁，目注了她对她说话，说我的童年，说我的青年和中年，说我的丑陋和苦难，说我感谢她的话。我是看过报上的报道，说有一人种了一棵南瓜，他每日对南瓜说话如说话于他的孩子，这南瓜就长成背篓般大。还有一人患了心脏病，整日对心脏说感谢的话、委托的话，心脏病竟也无药而治了。我也这般对待我的琴，我感觉琴是听见了，也听懂了。一次不自觉地去触动了几下弦索，她竟应发出极美的音乐来。我当时是惊呆了，因为我从来不识琴谱，连简谱也不识的，怎么就能有如此一段美乐呢？我问过宽哥，宽哥说，你再弹触时不妨打开录音机，我过后听听。我这么做了，宽哥就用简谱记下来，说果然好，你是个天才的作曲家。

我不是作曲家，我没有天才，天才是琴自身的。宽哥将数次的录音整理了，成一首乐曲在许多场合演奏，甚至还拿去发表，要署我的名。我声明这不是我作的曲，应该署琴的名。这次我得讨问琴，求她自报姓名。琴没有告诉我，却在灯光下，使我终于看见乌黑的琴身暗处，透出三处一绺的红来，黑与红相配得那么和谐和高贵，竟是我以前未注意到的。连着三日，都是在灯光下，发觉了红越来越多，几乎从整个黑里都能看出那下边的一层红来。

这一夜，我梦里觉得我在我的头发里发现了一颗痣，在手心里发现一条纹，觉得桌上伏着一只艳红的狐。

于是，翌日的清晨，我叫我的琴为"红狐"。

"红狐"虽然依旧在桌上平伏着，但我仍要买了家具到这屋里。我买的是一张特大的床，一张极软的沙发，"红狐"如果从桌上站起，它的天性里该是爱静卧的。狐之友猜测应是鹤与鹿的，我又搜寻了鹤鹿的画贴在琴后的墙上。

我是这么想，×，狐是世上最有灵性最美丽最有感应的尤物，原来我的荒园里她早已来了！有诗说"好雨知时节""随风潜入夜"，那它是从远的山里林里，或者从蒲氏的《聊斋》里，在那一个雨夜里来的。想宽哥送琴的那个夜，也正好有雨，当时我并不知，天明瞧见屋外的一蓬紫薇湿淋淋的。

×，这就是我要告诉你的事，一件大事，真的，一件了不得的大事。也就是我有了红狐琴，我的荒园里再不荒了，我开始过得极平静而又富有，这你应该为我祝福和羡慕吧。

1993年11月20日于病房

风　雨

　　树林子像一块面团了，四面都在鼓，鼓了就陷，陷了再鼓；接着就向一边倒，漫地而行的；忽地又腾上来了，飘忽不能固定；猛地又扑向另一边去，再也扯不断，忽大忽小，忽聚忽散；已经完全没有方向了。然后一切都在旋，树林子往一处挤，绿似乎被拉长了许多，往上扭，往上扭，落叶冲起一个偌大的蘑菇长在了空中。哗的一声，乱了满天黑点，绿全然又压扁开来，清清楚楚看见了里边的房舍，墙头。

　　垂柳全乱了线条，当抛举在空中的时候，却出奇地显出清楚，刹那间僵直了，随即就扑撒下来，乱得像麻团一般。杨叶千万次地变着模样：叶背翻过来，是一片灰白；又扭转过来，绿深得黑青。那片芦苇便全然倒伏了，一截儿断茎斜插在泥里，响着破裂的颤声。

一头断了牵绳的羊从栅栏里跑出来，四蹄在撑着，忽地撞在一棵树上，又直撑了四蹄滑行，末了还是跌倒在一个粪堆旁，失去了白的颜色。一个穿红衫子的女孩冲出门去牵羊，又立即要返回，却不可能了，在院子里旋转，锐声叫唤，离台阶只有两步远，长时间走不上去。

槐树上的葡萄蔓再也攀附不住了，才松了一下屈蜷的手脚，一下子像一条死蛇，哗哗啦啦脱落下来，软成一堆。无数的苍蝇都集中在屋檐下的电线上了，一只挨着一只，再不飞动，也不嗡叫，黑乎乎的，电线愈来愈粗，下坠成弯弯的弧形。

一个鸟窠从高高的树端掉下来，在地上滚了几滚，散了。几只鸟尖叫着飞来要守住，却飞不下来，向右一飘，向左一斜，翅膀猛地一颤，羽毛翻成一团乱花，旋了一个转儿，倏忽在空中停止了，瞬间石子般掉在地上，连声响儿也没有。

窄窄的巷道里，一张废纸，一会儿贴在东墙上，一会儿贴在西墙上，突然冲出墙头，立即不见了。有一只精湿的猫拼命地跑来，一跃身，竟跳上了房檐，它也吃惊了：几片瓦落下来，像树叶一样斜着飘，却突然就垂直落下，碎成一堆。

池塘里绒被一样厚厚的浮萍，凸起来了，再凸起来，猛地撩起一角，唰地揭开了一片；水一下子聚起来，长时间地凝固成一个锥形；啪地摔下来，砸出一个坑，浮萍冲上了四边塘岸，几条鱼儿在岸上的草窝里蹦跳。

最北边的那间小屋里，木架在吱吱地响着。门被关住了，窗被关住了，油灯还是点不着。土炕的席上，老头在使劲捶着腰腿，孩子们却全趴在门缝，惊喜地叠着纸船，一只一只放出去……

1982年秋写于宝鸡

静

去年秋季,我去兴庆宫公园划了一次船。去的那天,天阴,没有太阳,但也没有下雨,游人少极少极的。我却觉得这时节最好了,少了那人的吵闹,也少了那风声雨声;天灰灰的,略见些明朗,好像一位端庄的少妇,褪了少女的欢悦,也没上了年纪的人的烦躁,恰是到了显着本色的好处。

同游的是我的妻,她最是懂得我;新近学着作画,是东山魁夷的崇拜者。我们租得一只小船,她坐船首,我坐船尾;这船就是我们的,盛满了脉脉的情味。桨在岸上一点,船便无声地去了,我们蓦地一惊,平日脚踏实地的一颗心,顿时提了起来,一时觉得像飞出了地球的吸引层,失去了重量,也失去了控制,一任飘飘然去了。

船箭一般地飞去了四五米,突然一个后退,一瞬间地停止了,像一个迷离离的梦,突然醒了,觉得凭一只木船,身已在了水上,心倒妥妥地落下来,默默看着对方,都脸色苍白,脖颈上的筋努力地用劲,便无声地笑了。妻说:古人讲羽化而登仙,其实大致如此,并不会轻松的。这话倒也极是。

倏忽间,船就打旋起来,像一片落下的柳叶,便见光滑的水面有了波纹,像放射了电波,一个弧圈连着一个弧圈,密密的,细细的,传到湖心。以前只认为水是无生命的,现在却是有了神经;神经碰在了岸上,又折回来,波纹就不再是光洁的弧线,成了跳跃的曲线,像书写的外文,同时有一股麻酥酥的滋味袭上心头了。桨继续划动着,起落没有声息,无数的漩涡儿悠悠地向四边溜去,柔得可爱,腻得可爱,妻用手去捉拿,但一次也没有成功。

我们调正了方向,向湖心划去,妻终是力小,船老向一边弯,末了就兜着圈儿。她坐到船尾来,我们紧挨着,一起落桨,一起用力,船首翘起来,船尾似乎就要沉了,但水终没有涌进后舱。我们身子深深往下落,正好可以平视那湖面。水和天并没有相接,隔着的是一痕长堤,堤边密密地长了灌木,叫不上名儿的什么藤蔓缠得黏黏糊糊,堤上是枫树和垂柳,枫叶呈三角模样,把天变成像撒开的小纸片儿,垂柳却一直垂到树下，像是齐齐站了美人，转过身去，披了秀发，使你万般思绪儿，去猜想她的眉眼。湖面上，远处的水纹迅速地过来了，过来了，看了好久，那水纹依然离我们很远，像美人的眨着的脉脉的眼，又像是嘴边的绽着的羞涩涩的笑。我们终于明白那柳之所以背过去，原来将眉眼留在了水里。

船到湖心，我们便不再划，将桨双双收在舱里，任船儿自在。妻便作起画来，我仰躺在船里，头枕在船帮，兀自看着天，天也是少妇的脸。我突然觉得天和这水，端庄者对端庄者，默默地相视；它们是友好的，又是距离着，因为它们不像月亮绕太阳太紧，出现月圆月缺，它们永远天是天，水是水，千年万年。我还要再想下去，突然一时万念俱灭，空白得如这天，如这水一般的了。

划了两个钟头，湖面上依然没有第二只船，一切都是水，灰灰的，白白的。我一时想作些诗，来形容这水的境界，却无论如何想不出来。我去过革命公园的湖，那水里有了茸茸的绿藻，绿得有些艳了，也去过莲湖公园的湖，那里生了锈红的浮萍，红得有些俗了：全没有兴庆宫公园的湖来得单纯，来得朴素。我只好说，兴庆宫公园湖里的水，单纯得像水一样，朴素得像水一样。

诗没有作成，我起身去看妻的画，她却画了一痕土岸，岸上一株垂柳，一动不动的一株垂柳，柳条自上而下，像一条条拉直的线。柳的下方，是一只船，孤零零的一只船。除此都空白了。我说，我看懂了这画，我不必再作诗了，她真是东山魁夷的私淑弟子，是最深知这兴庆宫公园的湖水了。

1981年10月5日夜作于静虚村

荒野地

这原本是庄稼地，却生长了一片荒草。荒草一人多高，繁荣得蓬勃健美。月夜下没有风，亦不到潮露水的时分，草的枝叶及成熟的穗实萧萧而立，但一种声息在响，似乎是草籽在裂壳坠落，似乎是昆虫在咬噬，静伫良久，跳动的是体内的心一颗。扮演着的是《聊斋》里的人物，时间更进入亘古的洪荒，遥遥地听见了神对命运的招引。

月亮在天上明亮着　轮，看得清其中的　抹黑影，真疑心是荒野地的投影，而地上三尺之外便一片迷蒙。夜是保密的，于是产生迟到的爱情。躲过那远远的如炮楼一般的守护庄稼的庵架，一只饥渴的手握住了一只饥渴的手，一瞬间十指被胶合，同时感受到了热，却冷得索索而抖。

一溜黑地蹚过，松软如过草滩，又分明是脚上穿了宽松的鞋。可怜的农人种下了这一溜洋芋，四周的荒草却使它们未能健长，挖掘过的地上没有收获到拳大的洋芋。肥沃的土地上明日的清晨却能看到两行交织的脚印。

已经是草地的中央了，失却的则是东南西北的方向。境界幽幽。心身在启示着坐下来，恰好有两块石头，等待这石头是多少个年月，石头也差不多等待得发凉了。天地之间，塞涌的是这荒草，人也是荒草的一棵，再有一棵。说话的是眼睛，说尽着唐诗宋词的篇章。头顶上的月亮丰丰满满。需要有点风，风果然而至。草把月划成了有条纹的物件，且在晃动不已。不知名的昆虫在呻吟着，散发着那特有的气味。待到死过去几次又活过来几次，一切安静了，望月亮又如深下去的一眼井水，来分辨那里面的身影了。

佛殿一样的地方，得到的是心身的和谐，方明白那一溜松软的黑地是通往而来的甬道，铺着毡毯。

生长庄稼的土地却长满了这么多荒草，这是失职的农人的过错吗？但荒草同样在结饱满的果籽，这便是土地的功能。失职的农人或许要咒诅的，而娇弱无能的庄稼没有荒草这么并不需要节令、耕作、肥料而顽强健壮啊！

因为草、人归复了原本的形态，这个月下夜晚是这么苍茫壮阔。

生之苦难与悲愤，造就着无尽的残缺与遗憾，超越了便是幽默的角色，再不寄希望于梦境和来世，就这么在荒野地中坐下，坐下如两块石头。或许坐上百年上千年，或许很短的一刻，但已够了。

　　走出了荒野地，另一处草浅的地方，仍发现了曾是长过瓜果的，是南瓜或是西瓜，可以肯定的也是未收获到要收获的东西，瓜田早废了，瓜叶腐败为泥，而绳一样纵横的瓜蔓却还发白地将已为泥的印缀在地上。踏着这白绳的空格走，像是游戏。突然就会想起月亮上的那一株桂树，还有那一位勇敢的却砍不断树身的吴刚。

　　而毕竟有这么一块荒野地。

1988年10月11日

落　叶

　　窗外，有一棵法桐，样子并不大的，春天的日子里，它长满了叶子。枝根的，绿得深，枝梢的，绿得浅；虽然对列相间而生，一片和一片不相同，姿态也各有别。没风的时候，显得很丰满，娇嫩而端庄的模样。一早一晚的斜风里，叶子就活动起来，天幕的衬托下，看得见那叶背上了了的绿的脉络，像无数的彩蝴蝶落在那里，翩翩起舞，又像一位少妇，丰姿绰约的，作一个妩媚的笑。

　　我常常坐在窗里看它，感到温柔和美好。我甚至十分忌妒那住在枝间的鸟夫妻，它们停在叶下欢唱，是它们给法桐带来了绿的欢乐呢，还是绿的欢乐使它们产生了歌声的清妙？

法桐的欢乐，一直要延长一个夏天。我总想那鼓满着憧憬的叶子，一定要长大如蒲扇的，但到了深秋，叶子并不再长，反要一片一片落去。法桐就消瘦起来，寒碜起来，变得赤裸裸的，唯有些嶙嶙的骨。而且亦都僵硬，不再柔软婀娜，用手一折，就一截儿一截儿地断了下来。

我觉得这很残酷，特意要去树下捡一片落叶，保留起来，以作往昔的回忆。想：可怜的法桐，是谁给了你生命，让你这般长在土地上？既然给了你这一身的绿的欢乐，为什么偏偏又要一片一片收去呢？！

来年的春上，法桐又长满了叶子，依然是浅绿的好，深绿的也好。我将历年收留的落叶拿出来，和这新叶比较，叶的轮廓是一样的。喔，叶子，你们认识吗，知道这一片是那一片的代替吗？或许就从一个叶柄眼里长上来，凋落的曾经那么悠悠地欢乐过，欢乐的也将要寂寂地凋落去。

然而，它们并不悲伤，欢乐时须尽欢乐，如此而已，法桐竟一年大出一年，长过了窗台，与屋檐齐平了！

我忽然醒悟了，觉得我往日的哀叹大可不必，而且有十分的幼稚呢。原来法桐的生长，不仅是绿的生命的运动，还是一道哲学的命题在验证：欢乐到来，欢乐又归去，这正是天地间欢乐的内容。世间万物，正是寻求着这个内容，而各自完成着它的存在。

我于是很敬仰起法桐来,祝福于它:它年年凋落旧叶,而以此渴着来年的新生,它才没有停滞,没有老化,而目标在天地空间里长成材了。

1981年8月16日作于静虚村

天上的星星

　　大人们快活了,对我们就亲近,虽然那是为了使他们更快活,我们也乐意呢;但是,他们烦恼了,却要随意骂我们讨厌,似乎一切烦恼都要我们负担,这便是我们做孩子的,千思万想,也不曾明白的。天擦黑,我们才在家捉起迷藏,他们又来烦了,大声呵斥,只好蹑蹑地出来,在门前树下的竹席上,躺下去,纳凉是了。

　　闲得实在无聊极了。四周的房呀,墙呀,树的,本来就不新奇,现在又模糊了,看上去黝黝的似鬼影。天上月亮还没有出来,星星也不见,昏亮亮的一个大大的天空。我们伤心了,垂下脑袋,不知道这夜该如何过去,痴呆呆守着瞌睡虫爬上眼皮。

"星星!"妹妹突然叫了一声。

我们都抬起头来,原本是无聊得没事可做,随便看看罢了。但是,就在我们头顶,出现了一颗星星,小小的,却极亮极亮,分明看出是有无数个光角儿的。我们就好奇起来,数着那是四个光角儿呢,还是五个光角儿,但就在这个时候,那星的周围,又出现了几颗星星,就是那么一瞬间,几乎不容觉察,就明亮亮地出现了。啊,两颗,三颗……不对,十颗,十五颗……奇迹是这般迅速地出现,愈数愈多,再数亦不可数,一时间,漫天满空,一片闪亮,像陡然打开了百宝箱,灿灿的,灼灼的,目不暇给了呢。我们只知道夜夜天上要有星星,但从没注意到这么出现,那是雨天的池塘,霎时浮了万千水泡?又是无数沉睡的孩子,蓦地睁开了光彩的眼睛?它们真是一群孩子呢,一出现就要玩一个调皮的谜儿啊!这些鬼精灵儿,从哪儿来的?是一个家族的兄妹,还是从天涯海角集合起来,要开什么盛会了呢?

夜空再也不是荒凉的了,星星们都在那里热闹,有装熊的,有学狗的,有操勺的,有挑担的,也有的高兴极了,提了灯笼一阵风似的跑……

我们都快活起来了,一起站在树下,扬着小手。星星们似乎很得意了,向我们挤弄着眉眼,鬼鬼地笑。

过了一会儿,月亮从村东口的那个榆树丫子里升上来了。它总是从那儿出来，冷不丁地，常要惊飞了树上的鸟儿。先是玫瑰色的红，像是喝醉了酒，刚刚睡了起来，蹒跚地走。接着，就黄了脸，才要看那黄中的青紫颜色，它就又白了，白极白极的，夜空里就笼上了一层淡淡的乳白色气。我们都不知道这月亮是怎么啦，却发现那些星怎么就少了许多，留下的也淡了许多，原是灿灿的亮，变成了弱弱的光。这竟使我们大吃了一惊。

"这是怎么啦？"妹妹慌慌地说。

"月亮出来了么。"我说。

"月亮出来了为什么星星就少了呢？"

我们面面相觑，闷闷不得其解。坐了一会儿，似乎就明白了：这漠漠的夜空，恐怕是属于月亮的，它之所以由红变黄，由黄变白，一定是生气星星们的不安分，在吓唬着它们哩。

"哦，月亮是天上的大人了。"妹妹说。

我们都没有了话说。我们深深懂得做大人的威严，又深深可怜起这些星星了：月亮不在的时候，它们是多么有精光灵气，月亮出现了，就变得这般猥琐了。

我们突然又回想起了一切：原来天上并不甚好，月亮睡着了的时候，它才让星星出来，它出来了，就要星星退去，那纷纷扬扬的雪片，五个角的，七个角的，全是薄亮亮的，不就是星星的尸骸吗？或许，就燃起晚霞的大火来烧它们，要不，星星为什么从来就没有叶，也没有根，只是那么赤裸裸的星颗呢？

我们再也不忍心看那些星星了，低了头走到门前的小溪边，要去洗洗手脸。谁也不言语，默默想着我们做孩子的不幸：是我们太小了，太多了吗？

溪水浅浅地流着，我们探手下去，才要掬起一抔来，但是，我们差不多全看见了，就在那水底里，有着无数的星星。

"啊，它们藏在这儿了。"妹妹大声地说。

我们赶忙下溪去捞，但无论如何也捞不上来，看那哗哗的水流，也依然冲不走它们。我们明白了，那一定是星星不能在天上，偷偷躲藏在那里了。我们就再不声张，不让大人们知道，让它们静静地躲在那里好了。

于是，我们都走回屋里，上床睡了。却总是睡不稳。害怕那躲藏在水底的星星会被天上的月亮发现吗？可惜藏在水底的星星太少了，那无数的还在天上闪着光亮。它们虽然很小，但天上如果没有它们，那会是多么寂寞啊！

大人们骂我们不安生睡觉了。骂过一通，就打起鼾声，我们赶忙爬起来，悄悄溜到门外，将脸盆儿、碗盘儿、碟缸儿都拿了出去，盛了水，让更多更多的星星都藏在里边吧。

1981年6月15日晚于静虚村

一只贝

一只贝,和别的贝一样,长年生活在海里。海水是咸的,又有着风浪的压力,嫩嫩的身子就藏在壳里。壳的样子很体面,涨潮的时候,总是高高地浮在潮的上头。有一次,他们被送到海岸,当海水又哗哗地落潮去了,却被永远地留在沙滩,再没有回去。蚂蚁、虫子立即围拢来,将他们的软肉啮掉,空剩着两个硬硬的壳。这壳上都曾经投影过太阳、月亮、星星,还有海上长虹的颜色,也都曾经显示过浪花、漩涡和潮峰起伏的形状;现在他们生命结束了!这光洁的壳上还留着这色彩和线条。

孩子们在沙滩上玩耍,发现了好看的壳,捡起来,拿花丝线串着,系在脖项上。人都在说:这孩子多么漂亮!这漂亮的贝壳!

但是,这只贝没有被孩子们捡起。他不漂亮,他在海里的时候,就是一只丑陋的贝。因为有一颗石子钻进了他的壳内,那是颗十分硬的石子,无论如何不能挤碎它,又带着棱角,他只好受着内在的折磨。他的壳上越来越没有了颜色,没有了图案,他失去了做贝的荣誉;但他默默的,他说不出来。

他被埋在沙里。海水又涨潮了,潮又退了;他还在沙滩上,壳已经破烂,很不完全了。

孩子们又来到沙滩上玩耍。他们玩腻了那些贝壳,又来寻找更漂亮的呢。又发现了这一只贝的两片瓦砾似的壳,用脚踢飞了。但是,同时在踢开的地方,发现了一颗闪光的东西,他们拿着去见大人。

"这是什么东西?"

"这是珍珠!嗨,多稀罕一颗大珍珠!"

"珍珠?这是哪儿来的呢?"

"这是石子钻进贝里,贝用血和肉磨制成的。啊,那贝壳呢?这是一只可怜的贝,也是一只可敬的贝。"

孩子们重新去沙滩寻找他,但没有找到。

作于1983年2月11日夜

夜　籁

当学生的时候，血气方刚，常要做兼济天下的人物；莽撞撞地闯进社会几年，弄起笔墨文学，一事无成，才知道往日幼稚得可怜，不觉心灰意懒，且"行于所当行""止于所不可不止"了。借仲秋的日子，去陕南度假散心，坐了十多日船，行了上千里路，随便往两岸的山上一望，便见秋收后的庄稼地正在深翻，老牛，木犁，疙瘩绳。或者，是歇晌的时候了，老牛站在那里，四蹄直立，尾巴直垂，犁沟里坐着默默的农夫：劳作后的疲倦，瞬间凝固的雕塑。我心中感慨：天下最劳心者，文人；最劳力者，农夫。劳力者给了劳心者以粮食，劳心者却不能于劳力者有所作为，不觉喟然长叹!

夜里,船到了山弯间,月显得很小,两岸黝黝的山影憧憧沉在水里,使人觉得山在水上有顶,水下有根,但河面却铺了银,平静静的似乎不流,越发使人惶恐。到了渡口,船不走了,只好向岸上的山村投宿,一道石板小路引着向山坡根去了。石板是猩蓝的、赭红的,一块不连着一块,人脚踹得它光滑细腻,发着幽幽的光,像池塘平浮水面的荷叶。在石板路上走,一步一个响声,常常使人觉得后边有人跟着;看半山坡上的灯光,星星点点,似乎对称,又见分散。一直到了坡根,那灯光却再不见,路成了窄巷,陡然向坡上爬去,常常是前边突然无路,一个直角,巷子向旁边拐去了。两边高高的人家,前院墙石块垒起十来丈高,后屋墙却依山而筑,仅二尺有余。灯光正从那家小小的石窗照下来,犹如一道白柱。一个极俊俏的女子,探头往下看着,打一个口哨,麻酥酥的,立即就捂了脸,作认错了人的害羞。

我走近一家院落,院门是桐木板的,窄而短,门环却小碗口般大,挨墙弯着一株古柏,绳索似的皮纹,疙疙瘩瘩的根爬满了门前的石阶。敲一下门,响声很空,院子有了脚步声,一个老头把门开了。正要询问,坡那边的石窗光又一亮,那个极俊俏的女子又出现了,一个口哨,麻酥酥的,巷子里有了脚步声。

"这猴女子!"老头说。

"她在做什么?"我也有些奇怪了。

"恋爱吧,"老头说,"这么冷的,又要去河边,你恋过,你说说,恋爱有火吗?"

我笑了,不觉向河边望去,那河竟离得很近,看得见那并排的几只木船,月光下亮得分明。一位诗人描写过这种境界,说那船是河神的套鞋。如今,两个人影走上了空船,有一个是那极俊俏的女子吧。船客走了,河神走了,只有明月,明月初照人哟。

老头是个厚道人,热情地接待了我。他老伴到闺女家去了,夜里剩下他一人,正在灶火口熬茶。茶锅小极小极,只有拳头那么大,系在一条铁丝上,架在火上,像烧着一个黑瓷蛋儿。火不甚旺,老头几次俯下身去吹,嘴皱得像个火筒,烟就罩了一层,我喀喀地咳嗽起来。

"就好,就好,"老头抱歉地说,"快蹲下,烟高不烟低。"

茶熬好了,老头倒给我了一小碗黑汤儿。喝一口,苦得直吐舌头。

"这是什么茶?"我说。

"龙叶茶,自己上山采的。"他说,"香吗?"

我该怎么说呢?我看着这烟火熏得黑漆漆的石屋,看着这光一闪一闪和泛着黑瓷一样幽光的老人脸,我摇摇头,知道这些农夫,大都没钱去买那高质茶叶,便自己采了什么叶子去熬喝这又苦又涩的汁汤了。

"你们城里人是喝不惯的,"老头苦笑了,"可我们却珍贵呢,你喝喝,后味叫香呢。"

但我无论如何不敢去喝了,老头便接过喝起来,喝一口,舌头就伸出来在毛茸茸的嘴唇上舔一下,发出一种很响的声音。他又熬了第二锅,喝了,又熬了第三锅,喝了。然后,闭了眼睛,坐在地上,将那弯曲的背、脚、手、脖子,使劲伸展,然后鼻孔里长时间地出气,一双小眼睛显得明亮多了。

看着老人的舒服劲,我心里滋润起来,恨不能自己变成个小虫儿,钻进他的鼻孔,好让他再舒舒服服地打个喷嚏。

"今天地里干啥了?"我说。

"翻地呗。"他说,"天又旱得厉害,地瓷得扳不开啊!"

"真苦了你,这么大年纪了。"

"哪里!一辈子还不是这么过来的,多亏这茶呢!一天不喝几锅,头疼,骨头也散架了,这茶是农家乐,一喝乏劲没有了,百事都忘了呢。"

老人说着,哈哈地笑起来,精神十分活跃,问起城里的人吃的什么呀,穿的什么呀,这秋天里,都在干些甚事呀,比如今天晚上,又在干着什么呢?我一一回答着老人,感到深深的内疚。老人却又哈哈笑了,说:

"土命人也不像你说的可怜,苦是苦,苦中仍有甜呢,好比是咱这茶，可惜你不愿喝一口。"

这当儿，院门又在很空地敲响，老头出去开门了，院子里立即有了一老一少的女人声。进了堂屋来，果然是一个老太婆和一个穿红格子新袄的女子。那女子嬉皮笑脸的，一看见我，却戛然止了声，躲进灯影黑处去了。老太婆便说：

"他大伯，你瞧瞧，明日要出嫁了，穿这件红袄儿可合适？丽儿，你站过来！"

那女子在黑影里说：

"娘！"

老太婆似乎才看见了我，忙笑笑，说：

"城里人看就看吧，明日要办事了，千人万人要看呢，城里人会笑话你？"

我明白这是位要做新娘的女子，忙连声道喜，那女子扭扭捏捏站在灯下，却转过了头，不让我看她的脸。

"合身，合身！"老头说，"柱子那头准备停当了？"

"他有什么好准备的？明日唢呐一吹，他过来入洞房就是了。"

老太婆牵了女子，笑笑出门去了，在院门口很响地说：

"他大伯，明日你一定来啊！"

老头回来，重新坐在灶火口，又咕咕地熬他的茶了，说这家是个独女，哪儿都不去，就招了女婿过来。这女婿也逗，哪儿也不去，就要来这村子。他开始从怀里掏出一卷钱点起来。钱票很烂,油腻腻的,像湿了水。

"明日我要上十元钱礼呢。"

"你们这儿还兴这规矩?"我想这农民,手里能有多少钱呢,偏遇着这红白喜事,这么破费的。

"取个吉利嘛。"他说,"城里人要笑这是老封建了,可山里人把这事看得重,一生能有几次乐事呢?你若不走,明日你也来热闹热闹吧。"

我无空满足老头的邀请,看着老头又喝了一碗茶水,便听见院门外的古柏上,有斑鸠在咕咕地叫,老头说夜不早了,便要我去睡。睡在东边的炕上,月光从石窗上银银地照进来,我不知道河边木船上的人——那个极俊俏的女子,走了没有。

老头喝毕了茶,叮叮当当刮了一遍木犁上的泥,也睡下了,打着很响的呼噜,慢慢,一切都静下来了。我却无论如何睡不着,想当年做学生的情景,想这几年的风风雨雨,拳拳之情,一时又涌上心际了,便觉得今天夜里,有好多事要想,却又无从想起,有好多事情已经意会,却又不可道出。石头屋子是这般的静寥,像个寺院。

远处,偶尔有一声狗叫,声音在窄窄的石头巷里,或在高高的对面崖上,撞出了回音,嗡嗡传韵。立即,有了一种什么声音,从石窗下的巷底传来,先是模模糊糊,再就清晰了,原来是在"招魂":

"回来啊——!"一声苍老的叫声。

"回——来——了!"一个稚语。

"回来啊——!"

"回——来——了!"

这"招魂"我是知道的。小时候在乡下的老家,常有这种迷信的活动:小孩受惊了,或是跌了一跤,或是得了一病,整天哭闹,痴呆,做母亲的便在夜深人静之时,一手抱了孩子,一手提了灯笼,从巷子走过,母亲叫一声"回来啊"!孩子应一声"回来了"!再在地上撮一点土,放在孩子的额头上;怎么现在还相信这个呢?

"回来啊——!"苍老的叫声。

"回——来——了!"幼稚的应声。

"招魂"声慢慢地从巷子里远去了。我默默地数着他们的招呼声,想象着那一团灯笼的移动,计算着他们的脚步,一下,二下,三下……夜,安宁了,石屋里静得像个寺院,我均匀地呼吸着,便睡去了。

1982年

文　竹

　　离开我的文竹,到这闹闹嚷嚷的城市里采购,差不多是一个月的光景了。一个月里,时间的脚步儿这般踟蹰,竟裹得我走不脱身去,夜里都梦着回去,见到我的文竹。

　　去年的春上,我去天静山上访友,主人是好花的,植得一院红的白的紫的,然而,我却一下子看定了那里边的这盆文竹了。她那时还小,一个枝儿,一拃高地上来,却扁形地微微侧了身去,未醉欲醉的样子,乍醒未醒的样子。我爱怜地扑近去,却舍不得动手,出气儿倒吹得她袅袅浮拂,是纤影儿的巧妙了,是梦幻儿的甜美了。我不禁叫道:

　　"这不是一首诗吗?"

主人夸我说得极是，便将她送与我了。从此我得了这仙物，置在我的书案，成为我书房的第五宝了。她果然好，每天夜里，写作疲倦了，我都要对着那文竹儿坐上片刻：月光是溶溶的，从窗棂里悄没声儿地进来；文竹愈觉得清雅，长长的叶瓣儿呈着阴阳，楚楚地，似乎色调又在变幻……这时候，我心神俱静，一切杂思邪念荡然无存，心里尽是绿的纯净，绿的充实。一时间，只觉得在这深深的黑夜里，一切都消失了，只有我了；我也要在这深深的夜里羽化而去了呢。

她陪着我，度过了一个春天，经过了一个冬天，她开始发了新枝，抽了新叶，一天天长大起来，已经不是单枝，而是三枝四枝，盈盈的，是一大盆的了。我真不晓得，她是什么精灵儿变的。是来净化人心的吗？是来拯救我灵魂的吗？当我快乐的时候，她将这快乐满盆摇曳，当我烦闷的时候，她将这烦闷淡化得一片虚影，我就守在她的面前，弄起笔墨，做起我的文章了。人都说我的文章有情有韵，那全是她的，是她流进这字里行间的。啊，她就是这般的美好，在这个世界里，文竹是我的知己，我是再也离不得她了。

然而，我却告别了她，到这闹市里来采购，将她托付养育在隔壁的人家了。

这人家会精心养育吗？他们是些粗心的人，会把她一早端在阳光下晒着，夜来了，会又端着放在室里吗？一天可以办到，两天可以办到，八天十天，一个月，他们会是不耐烦了,把她丢在窗下,随那风儿吹着,尘儿迷着,那叶怕要黄去了,脱去了,一片一片,卷进那猪圈牛棚任六畜糟蹋去了。那么,每天浇一次水,恐怕也是做不到的,或许记得了倒一碗半杯残茶,或许就灌一勺涮锅水呢。那文竹怎么受得了呢,她是干不得的,也是湿不得的,夕阳西下的时候,托一碗水来,那不是净水,也不是溶着化肥的水,是在瓶子里沤了很久的马蹄皮子的水,端起来,点点滴滴地渗下去的呢……

唉,我真糊涂,怎么就托付了他们,使我的文竹受这么大的委屈啊!

采购还没有完成,身儿还不能回去,愁得无奈了,我去跑遍这城的所有公园,去看这里的文竹。文竹倒也不少,但全都没有我的文竹的天然,神韵也淡多了,浅多了。但是,得意扬扬之际,立即便是无穷无尽的思念我的文竹的愁绪。夜里歪在床头,似睡却醒,梦儿便姗姗地又来了。但来到的不是那文竹,是一个姑娘,我惊异着这女子的娟好,她却侧身伏在门上,抖抖削肩,唧唧嗒嗒地哭泣了。

"你为什么哭了?"我问。

"我伤心,我生下来,人人都爱我,却都不理解我,忌妒我,我怎么不哭呢?"她说,眼泪就流了下来。

哦,这般儿的女子处境,我是知道的:她们都是心性儿天似的清高,命却似纸一般的贱薄,峣峣者易折,皎皎者易污啊。

"他们为什么这样？他们为什么要这样?!"

我却淡淡地笑了：

"谁叫你长得这么美呢？"

她却睁大了眼睛，定定地看着我，有了几分愤怒：我很是窘了。她突然说：

"美是我的错吗？我到这个世上来，就是来作用、贡献美的。或许我是纤弱的，但我娇贵，但我任性，我不容忍任何污染！"

我大大地吃惊了：

"你是谁，叫什么名字？"

"文竹！"

文竹？我大叫了一声，睁开眼来，才知道是一场梦了。啊，是一场梦呢?! 往日的梦醒，使我空落，这梦，却使我这般地内疚，这般地伤感呢！我沉吟着，感到我托付不妥的罪过，感到我应该去保护的责任；我一定是要回去的了，我得去看我的文竹了。

1981年1月20日作于静虚村

云　雀

小小的时候，我眼见过一个奇妙的现象，便不敢忘去；一直到现在，我已是垂垂暮年了，但仍还百思不得其解呢。

我们的隔壁，是住着一位老头的。他极能养鸟，门前的木架上，吊下各式各样的鸟笼；里边住着云雀、绿嘴、画眉、黄鹂……尽是些可怜可爱的生灵儿。整天整天里，我们就守在那鸟笼下，听着它们鸣叫。叫声很是好听，尤其那只云雀，像唱歌一样，打老远就能听见，使人禁不住要打一个麻酥酥的战儿了。

时间一长，那云雀声就不比以前那么脆了，老头便给它吃最好的谷，喝最清的水，稍不鸣叫，就万般逗弄；于是它就又叫起来了。但它叫起来的时候,总是在笼里不能安宁,左一撞,右一碰的,常常把黄黄的小嘴从笼格里挤出来,盯着高高的云天,叫得越发哑了。

"它唱得太疲劳了。"我们都这么说,便去给老头建议,不要逗弄它了吧。

但是,每每黎明的时候,它就又叫起来了,而且每个黎明都叫。我们爬起来,从窗口里看去,天刚刚发亮,云升得很高很高,老头并没有起床呢。于此才明白,别人不逗弄它,它还是每天要叫的;依然嘴挤在笼格外边,翅膀扑闪着,竟有几根茸茸的羽毛掉了下来。

"它在练嗓子吗?"妹妹说。

"不,它那嗓子已经哑了。"我说。

"那它为什么还要唱呢?"

"谁知道呢?你听,它是在唱一支忧郁的歌吗?"

细细听起来,果然那叫声充满了忧郁,那往日里悠悠然的叫声原来是痛苦的呼喊呢!

"是它肚子饥了,渴了吧?"妹妹又说。

我们跑过去,要给它添些食儿,却看见笼里,满满地放着一盘黄谷,一盘清水。这便又使我们迷糊了。

"一定是向往着云天吧。"

我们这么不经意地说过,立即便觉得是很正确的了。想,它被老头捉住之前,是飞在天上的,天那么空阔,天便全然是它的；黎明的时候，它一定是飞得像云一样地高，向黑暗宣告着光明。如今，黎明来了，它却飞不出去，才这么发疯似的抗议了！我们在笼下捡起那抖搂下的羽毛，深深地感到它的可怜了。

我们把这想法告诉给老头，老头笑我们可爱，却终没有放了它去。它每天还是这么叫着，唱那一支忧郁的歌。

我们终于不忍了，在一个黎明，悄悄起来，拆开了笼的门，放它出去了。它一下子飞到了柳树梢上，和柳梢一起激动，有些站不稳，几乎就要掉下来了，但立即就抖抖身子，对着我们响亮地叫了一声，倏忽消失在云天里不见了。

老头发觉走失了云雀，捶胸顿足了一个早上，接着就疑心被人放走的，大声叫骂。我们听了，心里却充满欢乐，觉得干了一件伟大的事情。

云雀飞走了，我们却时时恋念着它，当看着那笼里的绿嘴、黄鹂、画眉，就想它这个时候，是在天的哪一角呢？在云的哪一层呢？它该是多么快活，那唱的，再也不是忧郁的歌了，而是凌云之歌、自由之歌、生命之歌了啊！

一天过去了，两天过去了，突然，我们在那棵柳树上，却发现了它。它样子很单薄，似乎比以前消瘦多了，也疲倦多了；在风里，斜了翅膀，上下怯怯地飞。我们惊喜地呼唤它，但立即就赶走了它，怕那老头发现了，又要捉它回去。

但是，就在第四天的早上，我们刚刚醒来，突然就又听

到了云雀的叫声。赶忙跑出门,看那柳树,柳树上没有它。老头却在大声地叫我们了:

"啊,云雀,还是我的那个云雀!"

我们看时,老头正提着那个鸟笼。笼门已经重新封了,云雀果然就在里边,一声一声地叫。这使我们大惊失色,责问他怎么又捉了它。老头说:

"哪里!是它飞回来的;这鸟笼一直在那里空着,它就飞回来了呢。"

"这怎么可能呢?"我们说。

"怎么不可能呢?"老头说,笑得更得意了,"我已经喂它两年了,这笼里多舒服啊!"

我们走近去,云雀待在那里,急急地吃着那谷子,喝着那清水,好像它一直在饿着,在渴着,末了,就静静地卧下来,闭上了眼睛,作着一种疲乏后的休息。

我们默默地看着它,这只美丽的云雀,再没有说出话来。

1981年7月22日作于静虚村

燕　子

不见了燕子，已是七八年的光景；我常常在城里觅寻，但每每却失望了。商场的大厅里它自然不肯去的，那高达十几层的楼顶上，我爬上去了，也不曾见它的窠儿筑着，我也专意到过了公园一次，那水光山色里，也没它的足迹。啊，可亲的燕子，难道你是在地球上灭绝了吗，还是不肯到这大城市里来？这么苦着我，使我夜夜梦着你的倩影和呢喃的低吟，而哀愁不能自已！

记得在乡里的时候，天一暖和，它就来了，住在我家低低的草屋的梁上，一直到天气变冷的深秋了，才要离去。它是穿着一件黑外衣的，总是把头裹得严严，似乎是一个寡妇，整日呢呢喃喃，一副懦弱而固执的模样。我刚刚会爬，光着屁股在土窝里滚，尿下了，又用手去和泥玩。后来，稍稍大点，就去放牛；我摘过草莓吃，也趴在河里喝水，也坐在阳坡上捉虱，甚至跟着奶奶，一块去山坡上的庙中烧香磕头呢。可走到哪里，燕子总陪伴着我，当我念叨着"虱多钱多""眼不见为净"的话时，燕子就不住地细语，别人听不懂那是说些什么，我是听明白了：它是懂得我们的，常常只要学着一声呢喃的叫声，它就会飞到我们手掌上来呢。

在我的童年幼年里，饲养过猫儿狗儿，但猫儿容易背叛，狗儿又多恶事，唯有燕子是最好的了。在这四山之间的地方，它给了我乐趣，也给了我得意。我年年盼着它来，它果然也就来了。一直过了好多年，它还是它的老样儿，年年还记着这么个草屋呢。

我长成大人了，从乡里到大城市里求学，我却深深地羞愧起儿时的愚昧，时常想起来，就感到脸红。然而，燕子，它还住在我家的木梁上吗，它还在说着那些永不改音的古老的话吗？我想把这一切的变化，一切的见识，诉说给它，但却再也寻不着它了。

终有一日，市里开会，会址是一座七层楼的大会议室，摆设十分讲究。我靠近那面一人多高的玻璃窗前，正听着报告，突然有了一片呢呢喃喃的叫声，神经立即触动了。举头看时，那窗外的半空，灰白色里，翻动着无数的黑点。啊，燕子，是我可亲的燕子！它竟到城市里来了，来得又是那么的多！在这个世界上，它是无处不去的；往日我怨恨它的不来，原来是我的少见多怪了！

燕子越来越多了，组成了一个燕子阵，使夕阳晚照的天，也不明朗起来。但是，却没有一只是冲着这座七层楼来的。我探出头看去，四面都是高楼大厦，燕子盘旋成一团，全是绕着右侧的一座并不高大的鼓楼飞的，在那鼓楼的顶上，檐下，栏里，阶内，出出进进，鸣叫不已。

这竟使我疑惑不解了。会议刚一休息，我就走到凉台上，想：鼓楼并不高大，也不艳丽，因年久失修，梁上已没了雕，栋上也没了画，连那临风叮当的挂铃也没有了，那有什么可吸引的呢？

"它为什么不到四周的高楼大厦上来？"

"高楼大厦是现代化的。"旁边有人说。

"现代化的为什么它就不来？"

"它是留恋古老的。"

我不大理会，便撮起嘴来，作弄出儿时学会的燕鸣声，但它们纷纷从我身边飞过，没有一只落下来，尽趋着鼓楼而去了。

"咳，"我长叹了一口气，"它们把我也忘了。"

"是你忘了你。"

是的，是我忘了我了，我再不是那么个流着黄涕的孩子了，我长成大人，我有了知识，它认得的只是过去的我！但我自豪，我得意，我终究不是往日的我了。可它，我的燕子，面对这现代化的建筑，无动于衷，疯狂地恋着鼓楼，是因为只有这一处鼓楼，才是它们的有情物，它们呢呢喃喃，只有将这永世不变的语言说给鼓楼，控诉、抗议这么大个城市里，再没有了它们的去处吗?!

啊，燕子，我不禁悲伤起来了：时至今日，还这么固执，这么偏见，不肯落脚在新的建筑，硬要向腐朽欲倾的鼓楼飞去，那么，城市将永远不会是你的天地了，现代建筑愈来愈多，你不是便要真的消亡了吗？咳，我该怎么说呢，我可怜的燕子，我可悲的燕子！

1981年8月3日夜草于静虚村

桌　面

我家书桌的面儿，是一块树的囫囵的横截板，什么也没有染，只刷了一层亮亮的清漆，原木本色的。

在这张书桌上，我伏案了十年，读了好多文章，又写了好多文章。闲着无事了，就端坐着看起桌面来，心里便也感到沉静，因为桌面上是有了一幅画。

画儿就是木的年轮。一个椭圆形，中间是黑黑的一点，然后就一圈白，接着从那白圈的边沿，开始了黑线的缠绕。当然很不规则，线的黑一会宽了，一会窄了，一会又直，一会却弯起来；几乎常常就断，又常常派生出新线，但缠绕的局面是一直在形成，最后便囊括了整个桌面，像是一泓泉，一片树叶落下来引起的涟漪，没有鱼，没有风，一个静静的午时的或者子夜的泉。

有书这么说：树木，四季之记载也。日月交替一年，树就长出一圈。生命从一点起源，沿一条线的路回旋运动。无数个圈完成了生命的结束，留下来的便是有用之材。

我很佩服这种解释。于是也就对这条运动的线有兴趣起来了。我细细看着，用米尺度量着一个圈和一个圈之间的距离。这种工作，所得的结果使我吃惊：这生命的线，当它沿着它的方向进行的时候，它是这么的不可自由！日月的阴晴圆缺，四季的寒暑旱涝，顺利时它进行得是那么豁达奔放，困难时进取得又是如此艰辛。它从地下长出来，第一是挣脱本身壳的桎梏，第二是冲破地层的束缚，再就是在空间努力，空间充满着的看不见摸不着的空气原来是这么坚实严密。树木的生长，必须靠着自己向外扩张才能有自己的存在的立体啊！

我为它们做着记载：哪一年是风调雨顺？哪一年是旱涝交迫？我算出这是一棵三百年的老树。三百年，这老树在风雨的世界里，默默地在走它的生命之路，逢着美好年景，加紧自己的节奏，遇着恶劣的岁月，小心翼翼地，一边走着，一边蓄积着力量。这是多么可怜的生命，又是多么不屈不挠可亲可敬的生命！我离开了桌子，燃上了一支烟，看见室外的一切。室外是刚刚雨后天晴，天上是一片云彩，地上是一层积水。风在刮着，奇异的现象就发生了：那云彩竟也是一圈一圈的痕纹，那积水也是一圈一圈的涟漪，莫非这天这地也是一统的整体，它们将两个截面上下显示着，表明自己的历史和内容吗？

我真有些惶恐：万事万物在天地宇宙间或许是有着各自的生命线路，这天地宇宙也或许同样有着自己的生命线路；那我呢，我想象不出用刀将我断开，那躯体的截面上一定也是有这种路线了吧？重新走近桌面，对着那木的年轮，开始顺着一条边圈往里追溯。这似乎是一种高级数学，常常陷入莫测，犹如一个儿童在做进迷宫的游戏，整整一个下午，才好容易回到了那桌中的，也是那圈中之圈的那个黑点。啊，那是树的童年。哪是我的童年？树是从那一点出发，走完了三百年的路程，我也有三十岁了，三十年来，这路线也是这么一圈圈走过来的吗？

我想起了我的每一年。

这简直是一个惊人的发现！

从那以后，每每当我为胜利得意的时候，一面对着这桌面，我就冷静了；每每当我挫败愁闷的时候，一面对着这桌面，我就激动了。我自我感觉，我是一天天豁达、成熟、坚强起来，我热爱起我的生命了，热爱起我的工作了，以全部心血、全部精力而完成着一个我。

我在感激着这个桌面，我想我永远不会离开它的。

1983年8月27日午草于北京

1983年9月12日午改抄于金川

树　佛

我称柿树为佛，是树嫁接了结果，如女子成熟少妇乃渐入渐老之境。

这佛在北方的山峁存生，山峁不平，随势筑形。远看浑然椭圆，恍惚疑涌地而起，若峁上之峁，又如天外飞来，浮聚了一堆浓云，这是佛的雍容体态了。再远看黑粗的主干恰与细微的梢枝组合，叶脉的枝条辐射为扇面，枝梢分丫，这是佛的柔柔千面手了。再远看梢丫错综复杂，在天的衬景上如透雕又如剪纸，天成了撕碎的白纸虚幻衍化，这是佛之煌煌灵晕了。再远看，再远看，倏忽纳嚣风而使其寂然消声，骤然吸群鸟而又轰然释放，这是佛的浩浩法度了。

树而为佛，树毕竟有树的天性，它爱过风流，也极够浪漫，以有弹性的枝和柔长的叶取悦于世。但风的抚摸使它受尽了方向不定的轻薄，鸟的殷勤使它难熬琐碎饶舌的嚣烦。北方旱水，北方不宜桃李。要经见日月运转四季替换，要向往高天听苍鹰鸣唤，长长的不被理解的孤独使柿树饱尝了苦难，苦难中终于成熟，成熟则为佛。佛是一种和涵，和涵是执着的极致，佛是一种平静，平静是激烈的大限，荒寂和冷漠使佛有了一双宽容温柔的慈眉善眼，微笑永远启动在嘴边。

佛以树而显身了，难道为着的是贫瘠的山峁？为着的是猥琐了的农人？

有树佛存在，大美便在了世间。

阿×，你知道吗，在黄河龙门的东岸山塬上，我第一次觉悟到了柿树的佛，感受了从未有过的神圣和亲近啊！

1989 年 11 月 14 日

晚　雨

来时，太阳依然照红，天与地平行着，呆呆地，可望不可即。现在是有云了。是的，呆望久了就生感应，云是地上的水追逐天上的太阳所致呢，还是天上的太阳爱恋了凹地却掩了脸面的羞赧和无奈的忧郁？云在涌动着，云在急急地酝酿。我知道，这酝酿得已经太久太久了，终没有交会成雨落下来，如果云真是那一位洛神，伴着凤凰，乘着祥瑞，旋即又飘逸而去，这天地还要等待着一尽爸老吗？

不不，这一次雨下起来了，云沉重得不可忍耐，如龙门里的黄河水一样哗哗啦啦下来了！

多么感谢这一场雨，原本可以乘车而行，偏要徒步淋着,虽然夜黑如墨,到处有狼与鬼魅。远远有什么光亮倏忽闪过,却看见了无数的雨脚在身前脚后,是别一种的花放。两年前坐船过龙门,铜汁般的黄河水面翻涌着牡丹样的涡纹,我快活得说是踏上了华贵地毯,今晚的花放,是地毯的铺延而至的境界吗?应该歇一歇,近旁恰有一座小屋。屋檐下立定了,雨下得更大,看檐雨如帘,幽光里这正是如丝如玻璃的帷幔吗?爱这晚雨,也爱这晚雨中的屋檐,动了手去拾檐雨,湿软可人,悄声道一声"好雨知时节",风即将雨散成珍珠,扑淋得满头满脸,发也乱了,衣也乱了,伸出舌接雨,接住一条了狠劲地吮,恨不得拔了两根。周身的细胞全膨胀了,瞬间里耳目全失,生命粉碎,唯感觉活着,感觉到世界原来是这么小,小到如一颗桃子!啊,桃子红软,夸父就并不会死去,那拐杖而生的邓林里,有桃子解渴解救了。瞬间里柔弱不起,听见了是伟大的一个静里的胸中的心,听见了屋檐上的呢呢颤吟。哦,屋檐上是有两只鸟的,一根绳索上相偎相依。这是一对夫妇在观晚雨吗?是雨时而来才恰恰两个歇聚一起,他们在说什么,感觉着一种缘分在晚雨里实现吗?恍惚里我也觉得数百年前,在世界的另一个什么地方,这屋檐下与我有一笔冤债未还了。

　　雨下得又一阵紧了,黑暗里一切都在放肆开来,路旁的杨树鼓掌,一声儿啪啪啦啦,白日里泛着暗红的垂柳或高或低或宽或窄地变态,蚯蚓在鸣,蚂蚁在叫。望着黑际中还有着的两颗星子，竟然还有星子，是别的什么吗？并不大的，但美丽绝伦，忽隐忽现。这肯定是佛眼，喜悦如莲。那一年去韩城山塬，看见过枝丫交错丰腴温柔的柿树，我曾称之为树佛，企盼着自己有一日幻变成小鸟落进去承受它的包容，今晚却第一次感受了佛眼与我这么近，这么地亲！

且听，高高的空中有雷在响了，有电在闪了。今晚，天地是交会了，雨才下得这么大，才有它们欢乐的雷电。我活在这个天地里，祝福着这太长久的渴旱后这一晚。是感叹着这一场晚雨，是晚了，来得晚，但毕竟这雨是来了，咽下一切遗憾，就永远永远记住这一个雨晚。

天到底是天，地到底是地，雨又住了，天地又分开平行。替天地说一句蓝桥上的话："且将这身子寄养着别处，这每一晚月亮出来做眼，你看着我吧，我看着你吧。"默默地在夜里，我也想，古时的意念中，天是龙的世界，羊是地的象征，一个是神圣一个是美丽，合该是要连缀的，它们不结合，大自然就要干渴。雨是必下不可的，那就等再一场雨吧！或许有着长长久久的雨会下得没时没空没来没去没黑没白，天地再不平行而苍茫一片，那时我们不要盘古，永远不要盘古！

辛未年7月7日记

土石之缘

> 我感到自己的可耻,也感到了丑石的伟大;我甚至怨恨它这么多年竟会默默地忍受着这一切,而我又立即深深地感到它那种不屈于误解、寂寞的生存的伟大。

陶　俑

秦兵马俑出土以后，我在京城不止一次见到有人指着在京工作的陕籍乡党说：瞧，你长得和兵马俑一模一样！话说得也对，一方水土养一方人，一方人在相貌上的衍变是极其缓慢的。我是陕西人，又一直生活在陕西，我知道陕西在西北，地高风寒，人又多食面食，长得腰粗膀圆，脸宽而肉厚，但眼前过来过去的面孔，熟视无睹了，倒也弄不清陕西人长得还有什么特点。史书上说，陕西人"多刚多蠢"，刚到什么样，又蠢到什么样，这可能是对陕西的男人而言，而现今陕西是公认的国内几个产美女的地方之一，朝朝代代里陕西人都是些什么形状呢，先人没有照片可查，我只有到博物馆去看陶俑。

最早的陶俑仅仅是一个人头，像是一件器皿的盖子，它两眼望空，嘴巴微张。这是史前的陕西人。陕人至今没有小眼睛，恐怕就缘于此，嘴巴微张是他们发明了陶埙，发动起了沉沉的土声。微张是多么好，它宣告人类已经认识到自己在这个世界上的位置，它什么都知道了，却不夸夸其谈。陕西人鄙夷花言巧语，如今，还听不得南方"鸟"语，骂北京人的"京油子"，骂天津人的"卫嘴子"。

到了秦，就是兵马俑了。兵马俑的威武壮观已妇孺皆晓，马俑的高大与真马不差上下，这些兵俑一定也是以当时人的高度而塑的，那么，陕西的先人是多么高大！但兵俑几乎都腰长腿短，这令我难堪，却想想，或许这样更宜于作战。古书上说"狼虎之秦"，虎的腿就是矮的，若长一双鹭鸶腿，那便去做舞伎了。陕西人的好武真是有传统，而善武者沉默又是陕西人善武的一大特点。兵俑的面部表情都平和，甚至近于木讷，这多半是古书上讲的愚，但忍无可忍了，六国如何被扫平，陕西人的爆发力即所说的刚，就可想而知了。

秦时的男人如此，女人呢，跽坐的俑使我们看到高髻后绾，面目清秀，双手放膝，沉着安静，这些俑初出土时被认作女俑，但随着大量出土了的同类型的俑，且一人一马同穴而葬，又唇有胡须，方知这也是男俑，身份是在阴间为皇室养马的"圉人"。哦，做马夫的男人能如此清秀，便可知做女人的容貌姣好了。女人没有被塑成俑，是秦男人瞧不起女人还是秦男人不愿女人做这类艰苦工作，不可得知。如今南方女人不愿嫁陕西男人，嫌不会做饭，洗衣，裁缝和哄孩子，而陕西男人又臭骂南方男人竟让女人去赤脚插秧，田埂挑粪，谁是谁非谁说得清？

汉代的俑就多了，抱盾俑，扁身俑，兵马俑。俑多的年代是文明的年代，因为被殉葬的活人少了。抱盾俑和扁身俑都是极其瘦的，或坐或立，姿容恬静，仪态端庄，服饰淡雅，面目秀丽，有一种含蓄内向的阴柔之美。中国历史上最强盛的为汉唐，而汉初却是休养生息的岁月，一切都要平平静静过日子了，那时的先人是讲究实际的，俭朴的，不事虚张而奋斗的。陕西人力量要爆发时，那是图穷匕首见的，而蓄力的时候，则是长距离的较劲。汉时民间雕刻有"汉八刀"之说，简约是出名的，茂陵的石雕就是一例。而今，陕西人的大气，不仅表现在建筑、服饰、饮食、工艺上，待人接物言谈举止莫不如此。犹犹豫豫，瞻前顾后，不是陕西人性格，婆婆妈妈，鸡零狗碎，为陕西人所不为。他不如你的时候，你怎么说他，他也不吭，你以为他是汲地的水提不起来了，那你就错了，他入水瞄着的是出水。

汉兵马俑出土量多，仅从咸阳杨家湾的一座墓里就挖出三千人马。这些兵马俑的规模和体形比秦兵马俑小，可骑兵所占的比例竟达百分之四十。汉时的陕西人是善骑的。可惜的是，现在马几乎绝迹，陕西人自然少了一份矫健和潇洒。

陕西人并不是纯汉种的，这从秦开始血统就乱了，至后年年岁岁地抵抗游牧民族，但游牧民族的血液和文化越发杂混了我们的先人。魏晋南北朝的陶俑多是武士，武士里相当一部分是胡人。那些骑马号角俑，舂米俑，甚至有着人面的镇墓兽，细细看去，有高鼻深目者，有宽脸剽悍者，有眉清目秀者，也有饰"魋髻"的滇蜀人形象。史书上讲过"五胡乱华"，实际上乱的是陕西。人种的改良，使陕西人体格健壮，易于容纳，也不工于心计，易于上当受骗。至今陕西人购衣，不大从上海一带进货，出门不愿与南方人为伴。

正是有了南北朝的人种改良，隋至唐初，国家再次兴盛，这就有了唐中期的繁荣，我们看到了我们先人的辉煌——

天王俑：且不管天王的形象多么威武，仅天王脚下的小鬼也非等闲之辈，它没有因被踩于脚下而沮丧，反而跃跃欲试竭力抗争。这就想起当今陕西人，有那一类，与人抗争，明明不是对手，被打得满头满脸的血了却还往前扑。

三彩女侍俑：面如满月，腰际浑圆，腰以下逐渐变细，加上曳地长裙构成的大面积的竖线条，一点也不显得胖或臃肿，倒更具曲线变化的优美体态。身体健壮，精神饱满，以力量为美，这是那时的时尚。当今陕西女人，两种现象并存，要么冷静、内向、文雅，要么热烈、外向、放恣，恐怕这正是汉与唐的遗风。

骑马女俑：马是斑马，人是丽人，袒胸露臂，雍容高雅，风范犹如十八世纪欧洲的贵妇。

梳妆女坐俑：裙子高系，内穿短襦，外着半袖，三彩服饰绚丽，对镜正贴花黄。

随着大量的唐女俑出土，我们看到了女人的发式多达一百四十余种。唐崇尚的不仅是力量型，同时还是表现型。男人都在展示着自己的力量，女人都在展示着自己的美，这是多么自信的时代！

陕西人习武健身的习惯可从一组狩猎骑马俑看到，陕西人的幽默、诙谐可追寻到另一组说唱俑。从那众多的昆仑俑、骑马胡人俑、骑卧驼胡人俑、牵马胡人俑，你就能感受到陕西人的开放、大度、乐于接受外来文化了。而一组塑造在骆驼背上的七位乐手和引吭高歌的女子，使我们明白了陕西的民歌戏曲红遍全国的根本所在。

秦过去了，汉过去了，唐也过去了，国都东迁北移与陕西远去，一个政治经济文化的中心日渐消亡，这成了陕西人最大的不幸。宋代的捧物女绮俑从安康的白家梁出土，她们文雅清瘦，穿着"背子"。还有"三搭头"的男俑。宋代再也没有豪华和自信了，而到了明朝，陶俑虽然一次可以出土三百余件，仪仗和执事队场面壮观，但其精气神已经殆失，看到了那一份顺服与无奈。如果说，陕西人性格中有某些缺陷，呆滞呀，死板呀，按部就班呀，也都是明清精神的侵蚀。

每每浏览了陕西历史博物馆的陶俑，陕西先人也一代一代走过，各个时期的审美时尚不同，意识形态多异，陕西人的形貌和秉性也在复复杂杂中呈现和完成。俑的发生、发展至衰落，是陕西人的幸与不幸，也是两千多年的中国历史的幸与不幸。陕西作为中国历史的缩影，陕西人也最能代表中国人。二十世纪之末，中国实行改革开放政策，地处西北的陕西是比沿海一带落后了许多，经济的落后导致了外地人对陕西人的歧视，我们实在是需要清点我们的来龙去脉，我们有什么，我们缺什么，经济的发展，文化的进步，最根本的并不是地理环境，而是人呀，陕西的先人是龙种，龙种的后代绝不会就是跳蚤。当许许多多的外地朋友来到陕西，我最为乐意的是领他们去参观秦兵马俑，去参观汉茂陵石刻，去参观唐壁画，我说："中国的历史上秦汉唐为什么强盛，那是因为建都在陕西，陕西人在支撑啊。宋元明清国力衰退，那罪不在陕西人而陕西人却受其害呀。"外地朋友说我言之有理，却不满我说话时那一份红脖子涨脸：瞧你这尊容，倒又是个活秦兵马俑了！

动物安详

我喜欢收藏，尤其那些奇石、怪木、陶罐和画框之类，但经发现，想方设法都要弄来。几年间，房子里已经塞满，卧室和书房尽是陶罐画框乐器刀具等易撞易碎之物，而客厅里就都成了大块的石头和大块的木头，巧的是这些大石大木全然动物造型，再加上从新疆弄来的各种兽头角骨，结果成了动物世界。这些动物，来自全国各地，有的曾经是有过生命，有的从来就是石头和木头，它们能集中到一起陪我，我觉得实在是一种缘分，每日奔波忙碌之后，回到家中，看看这个，瞧瞧那个，龙虎狮豹，牛羊猪狗，鱼虫鹰狐，就给了我力量，给了我欢愉，劳累和烦恼随之消失。但因这些动物木石不同，大小各异，且有的眉目慈善，有的嘴脸狰狞，如何安置它们的位置，却颇费了我一番心思。兽头角骨中，盘羊头是最大的，我先挂在面积最大的西墙上，但牦牛头在北墙挂了后，牦牛头虽略小，其势扩张，威风竟大于盘羊头，两者就调了过。龙是不能卧地的，就悬于内门顶上。龟有两只，一只蹲墙角，一只伏沙发扶手上。柏木根的巨虎最占地方，侧立于西北角。海百合化石靠在门后，一米长的角虫石直立茶机前。木羊石狗在沙发后，两个石狮守在门口。这么安排了，又觉得不妥，似乎虎应在东墙下，石鱼又应在北边沙发靠背顶上，龙不该盘于内门顶而该在厅中最显眼部位，羊与狗又得分开，那只木狐则要卧于沙发前，卧马如果在厨房门口，仰起的头正好与对面墙上的真马头相呼应。这么过几天调整一次，还是看着不舒服，而且来客，又各是各的说法，倒弄得我不知如何是好。一夜做梦，在门口的两个狮子竟吵起来，一个说先来后到我该站在前边，一个说凭你的出身还有资格说这话？两个就咬起来，四只红眼，两嘴茸毛。梦醒我就去客厅，两个狮子依然在门口处卧着，冰冰冷冷的两块石头。心想，这就怪了，莫非石头凿了狮子真就有狮子的灵魂？前边的那只是我前年在南山一个村庄买来的，当时它就在猪圈里，当时发现了，那家农民说，一块石头，你要喜欢了你就搬去吧。待我从猪圈里好不容易搬上了汽车，那农民见我兴奋劲，就反悔了，一定要我付款，结果几经讨价还价,付了他二十五元。这狮子不大威风,但模样极俊,立脚高望,仰面朝天,是个高傲的角色,像个君子。另一只是一个朋友送的,当时他有一个拴马桩和这只狮子,让我选一个,我就带回了这狮子,我喜欢的是它的蛮劲,模样并不好看,如李逵、程咬金一样,是被打破了头仍扑着去进攻的那种。我拍了拍它们,说:吵什么呀,都是看门的有什么吵的?!但我还是把它们分开了,差别悬殊的是互不计较的,争斗的只是两相差不多的同伙,于是一个守了大门,一个守了卧室门。第二日,我重新调整了这些动物的位置,龙、虎、牛、马当然还是各占四面墙上墙下,这些位置似乎就是它们的,而西墙下放了羊、鹿、石鱼和角虫石,东墙下是水晶猫、水晶狗、龟和狐,南墙下安放了石麒麟,北墙的沙发靠背顶上一溜儿是海百合化石、三叶虫化石、象牙化石、鸵鸟、马头石、猴头石。安置毕了,将一尊巨大的木雕佛祖奉在厅中的一个石桌上,给佛上了一炷香,想佛法无边,它可以管住人性也可以管住兽性的。又想,人为灵,兽为半灵,既有灵气,必有鬼气,遂画了一个钟馗挂在门后。还觉得不够,书写了古书中的一段话贴在沙发后的空墙上,这段话是:

碗大一片赤县神州,众生塞满,原是假合,若复件件认真,争竟何已。

至今,再未做过它们争吵之梦,平日没事在家,看看这个,瞧瞧那个,都觉顺眼,也甚和谐,这恐怕是佛的作用,也恐怕是钟馗和那段古话的作用吧。

丑 石

我常常遗憾我家门前的那块丑石呢：它黑黝黝地卧在那里，牛似的模样；谁也不知道是什么时候留在这里的，谁也不去理会它。只是麦收时节，门前摊了麦子，奶奶总是要说：这块丑石，多碍地面哟，多时把它搬走吧。

于是，伯父家盖房，想以它垒山墙，但苦于它极不规则，没棱角儿，也没平面儿；用錾破开吧，又懒得花那么大气力，因为河滩并不甚远，随便去捎一块回来，哪一块也比它强。房盖起来，压铺台阶，伯父也没有看上它。有一年，来了一个石匠，为我家洗一台石磨，奶奶又说：用这块丑石吧，省得从远处搬动。石匠看了看，摇着头，嫌它石质太细，也不采用。

它不像汉白玉那样地细腻，可以凿下刻字雕花，也不像大青石那样地光滑，可以供来浣纱捶布；它静静地卧在那里，院边的槐荫没有庇覆它，花儿也不再在它身边生长。荒草便繁衍出来，枝蔓上下，慢慢地，竟锈上了绿苔、黑斑。我们这些做孩子的，也讨厌起它来，曾合伙要搬走它，但力气又不足；虽时时咒骂它，嫌弃它，也无可奈何，只好任它留在那里去了。

稍稍能安慰我们的，是在那石上有一个不大不小的坑凹儿，雨天就盛满了水。常常雨过三天了，地上已经干燥，那石凹里水还有，鸡儿便去那里喝饮。每每到了十五的夜晚，我们盼那满月出来，就爬到其上，翘望天边；奶奶总是要骂的，害怕我们摔下来。果然那一次就摔了下来，磕破了我的膝盖呢。

人都骂它是丑石，它真是丑得不能再丑的丑石了。

终有一日，村子里来了一个天文学家。他在我家门前路过，突然发现了这块石头，眼光立即就拉直了。他再没有走去，就住了下来；以后又来了好些人，说这是一块陨石，从天上落下来已经有二三百年了，是一件了不起的东西。不久便来了车，小心翼翼地将它运走了。

这使我们都很惊奇！这又怪又丑的石头，原来是天上的呢！它补过天，在天上发过热，闪过光，我们的先祖或许仰望过它,它给了他们光明,向往,憧憬;而它落下来了,在污土里,荒草里,一躺就是几百年了!

奶奶说:"真看不出!它那么不一般,却怎么连墙也垒不成,台阶也垒不成呢?"

"它是太丑了。"天文学家说。

"真的,是太丑了。"

"可这正是它的美!"天文学家说,"它是以丑为美的。"

"以丑为美?"

"是的,丑到极处,便是美到极处。正因为它不是一般的顽石,当然不能去做墙,做台阶,不能去雕刻,捶布。它不是做这些小玩意儿的,所以常常就遭到一般世俗的讥讽。"

奶奶脸红了,我也脸红了。

我感到自己的可耻,也感到了丑石的伟大;我甚至怨恨它这么多年竟会默默地忍受着这一切,而我又立即深深地感到它那种不屈于误解、寂寞的生存的伟大。

1980 年

三目石

一日在家独坐,诗人××来说我孤寂。我不孤寂,静定乃能思游。诗人含笑,陪我对坐,遂说身体,说儿女,说今日天气,不免无聊起来。诗人叫苦:善动者他,喜静者我,两人血型不同。他说送你一块石头我走啦,就走了。

这石头不大,白色,可以托在掌上。但石上有三只目形,是圆睁的目,或者是睁而不能闭的目,如鸡与鱼。之所以称目,是有七层金线圈,中间更为金黄圆心,很有些像午夜的猫眼,组合一个品状。我平日收集石头,皆以丑为美,全没这般精妙的物件,好喜欢了,就这么坐下来两目对着三目,也可说三目对着两目,竟嗒然遗忘身与石。

我想，这石头一定生成极早，是什么生命的化石。古时候天地混沌，生命的诞生都是三只眼的，所以古人的认知都是真感的，质朴而准确，所以那时没理性，有神话，不存在潜层意识的词。现在的生命都是两只眼，一只眼隐退为意识潜下来，一切都不质朴了。

三目石此时得之了我，肯定有什么缘分所在，是如何意思呢，昭示我什么呢？理性的东西太多，科学的分类过细，现代人已经活得十分地琐碎。满世界的专家如毛，专家又自视高深，其实专家不就是懂得一门的认知，而这门在大自然中是怎样渺小如针尖的门呢?!

三只眼比两只眼多一只眼，看到的是更多的具象，是整体，是气韵，苍茫而神秘的世界里，生命就与神同一了。两只眼比三只眼少一只眼，一定是在抽象，穷尽物理，可能得出结论生命就能制神了。谁是谁非，我不能把握，却思量戏曲上的程式，没有程式的时候不成戏曲，但现在演员作程式有几个还知道程式的来源吗？没有成语的时候，语言芜杂，而中学生喜欢用成语作文，谁又不生厌"学生腔"呢？我要捧角儿，我一定要告诫他（她）某程式产生的背景和内涵，我指导我的女儿作文，我要求她把成语还原着写。现在我们太多的形而上，欲望着要认识世界，世界却与我们陌生了。

又想，人的悲哀太是不知道了吗？

这个夜里不成寐，黎明里恍惚有梦，梦里全不是我看三目石的思想，竟是石的三目在看我，有许多文字出现。惊醒来记，失之大半，勉强记得：人肯定不再衍化独目，意识却可能被认为无数目如千眼佛，但或千眼顿开，但或一目了然，既是眼，请看眼为圆圈中有睛点，圈中一点，形上也形下，看山是山，看水是水，又看山不是山，又看水不是水，再看山还是山，再看水还是水。你看么。

是吗是吗，我是还得再看，三目石永远不会丢弃了的，××。

1991年9月12日早草

进山东

第一回进山东,春正发生,出潼关沿着黄河古道走,同车里坐着几个和尚——和尚使我们与古代亲近——恍惚里,春秋战国的风云依然演义,我这是去了鲁国之境了。鲁国的土地果然肥沃,人物果然重礼仪,狼虎的秦人能被接纳吗?沉沉的胡琴从那一簇蓝瓦黄墙的村庄里传来,音韵绵长,和那一条并不知名的河,在暮色苍茫里蜿蜒而来又蜿蜒而去,弥漫着,如麦田上浓得化也化不开的雾气,我听见了在泗水岸上,有了"逝者如斯夫"的声音,从孔子一直说到了现在。

我的祖先,那个秦王嬴政,在他的生前是曾经焚书坑儒过的,但居山高为秦城,秦城已坏,凿池深为秦坑,自坑其国,江海可以涸竭,乾坤可以倾侧,唯斯文用之不息。如今,他的后人如我者,却千里迢迢来拜孔子了。其实,秦嬴政在统一天下后也是来过鲁国旧地,他在泰山上祀天,封禅是帝王们的举动。我来山东,除了拜孔,当然也得去登泰山,只是祈求上天给我以艺术上的想象和力量。接待我的济宁市的朋友说:哈,你终于来了!我是来了,孔门弟子三千,我算不算三千零一呢?我没有给伟大的先师带一束干肉,当年的苏轼可以唱"执瓢从之,忽焉在后",我带来的唯是一颗头颅,在孔子的墓前叩一个重响。

一出潼关,地倾东南,风沙于后,黄河在前,是有了这么广大的平原才使黄河远去,还是有了黄河才有了这平原?哐啷哐啷的车轮整整响了一夜,天明看车外,圆天之下是铅色的低云,方地之上是深绿的麦田,哪里有紫白色的桐花哪里有村庄,粗糙的土坯院墙,砖雕的门楼,脚步沉缓的有着黑红颜色而褶纹深刻的后脖的农民和那叫声依然如豹的走狗——山东的风光竟与陕西关中如此相似!这种惊奇使我必然思想,为什么山东能产生孔子呢?那年去新疆,爱上了吃新疆的馕,怀里揣着一块在沙漠上走了一天,遇见一条河水了,蹲下来洗脸,日地将馕抛向河的上游,开始洗脸,洗毕时馕已顺水而至,捡起泡软了的馕就水而吃,那时我歌颂过这种食品,正是吃这种食品产生了包括穆罕默德在内的多少伟人!而山东也是吃大饼的,葱卷大饼,就也产生了孔子这样的圣人吗？古书上也讲，泰山在中原独高，所以生孔子。圣人或许是吃简单的粗糙的食品而出的，但孔子的一部《论语》能治天下，儒家的文化何以又能在这里产生呢？望着这大的平原，我醒悟到平原是皇天后土，它深沉博大，它平坦辽阔，它正规，它也保守而滞积，儒文化是大平原的产物，大平原只能产生儒文化。那么，老庄的哲学呢，就产生于山地和沼泽吧。

在曲阜，我已经无法觅寻到孔子当年真正生活过的环境，如今以孔庙孔府孔林组合的这个城市，看到的是历朝历代皇帝营造起来的孔家的赫然大势。一个文人，身后能达到如此的豪华气派，在整个地球上怕再也没有第二个了。这是文人的骄傲。但看看孔子的身世，他的生前凄凄惶惶的形状，又让我们文人感到了一份心酸。司马迁是这样的，曹雪芹也是这样，文人都是与富贵无缘，都是生前得不到公正的。在济宁，意外地得知，李白竟也是在济宁住过二十余年啊！遥想在四川参观杜甫草堂，听那里人在说，流离失所的杜甫到成都去拜会他的一位已经做了大官的昔日朋友，门子却怎么也不传禀，好不容易见着了朋友，朋友正宴请上司，只是冷冷地让他先去客栈里住下好了。杜甫蒙受羞辱，就出城到郊外，仰躺在田埂上对天浩叹。尊诗圣的是因为需要诗圣，做诗圣的只能贫困潦倒。我是多么崇拜英雄豪杰呀，但英雄豪杰辈出的时代，斯文是扫地的。孔庙里，我并不对那些大大小小的皇帝为孔子竖立的石碑感兴趣，独对那面藏书墙钟情，孔老夫子当周之衰则否，属鲁之乱则晦，及秦之暴则废，遇汉之王则兴，乾坤不可久否，日月不可久晦，文籍不可久废啊！

当我立于藏书墙下留影拍照时，我吟诵的是米芾赞词："孔子孔子，大哉孔子！孔子以前，既无孔子；孔子以后，更无孔子。孔子孔子，大哉孔子！"出得孔府，回首看府门上的对联，一边有"富贵"二字，将"富"字写成"冨"，一边有"文章"二字，将"章"字写成"章"。据说"冨"字没一点，意在富贵不可封顶，"章"字出头，意在文章可以通天。唏，这只是孔门后代的得意。衍圣公也是一代一代的，这如现在一些文化名人的纪念馆，遗孀或子女大都能当个纪念馆馆长一样的。做人是不是伟大的人，生前姑且不论，死后能福及子孙后代乃至国人的就是伟大的人。孔子是这样，秦嬴政是这样，毛泽东也是这样，看着繁荣富裕的曲阜，我就想到了秦兵马俑所在地临潼的热闹。

在孔庙里我睁大眼睛察看圣迹图，中国最早的这组石刻连环画，孔子的相貌并不俊美，头凹脸阔，龅牙露鼻。因父亲与一个年龄相差数十岁的女子结婚，他被称为野合所生，身世的不合俗礼和相貌的丑陋，以及生存困窘，造就了千古素王。而嬴政呢，竟也是野合所得。有意思的是嬴政做了始皇，焚书坑儒，却也能到泰山封禅，他到了这里，不知对孔子作何感想？他登泰山天降大雨，想没想到过因泰山而有了孔子，也可以说因孔子而有了泰山，在泰山上他能祀天而求得以武功得天下又以武功守天下吗？

我在泰山上觅寻我的祖先遇雨而避的山崖和古松，遗憾地没有找到这个景点。听导游的人解说，我的祖先毕竟还是登上了山顶，在那里燃起了熊熊大火与天接通，天给了他什么昭示，后人恐怕不可得知，而事实是秦亡后，就在泰山之下，孔庙孔府孔林如皇宫一样矗起而千万年里香火不绝。孔子就是五岳独尊的泰山吗？泰山就是永远的孔子吗？登泰山者，人多如蚁，而几多人真正配得上登泰山呢？我站在拱北石下向北面的峰头上看，我许下了我的宏愿，如果我有了完成夙愿的能力和机会，我就要在那个峰头上造一个大庙的。我抚摸着拱北石，我以为这块石头是高贵的，坚强的，是一个阳具，是一个拳头，是一个冲天的惊叹号。

古人讲：登泰山而小天下。周围的山确实是小的，小的不仅仅是周围的山，也小的是天下。我这时是懂得了当年孔子登山时的心境，也知道了他之所以惶惶如丧家之犬一样到处游说的那一份自信的。

我带回了一块石头，泰山上的石头。过去的皇帝自以为他们是天之骄子，一旦登基了就来泰山封禅的，但有的定都地远，他们可以来泰山祀天，也可以在自家门前筑一个土丘作为泰山来祀，而我只带回一块石头——泰山石是敢当的——泰山就永远属于我，给我拔地通天的信仰了。

进山东的时候，我是带一批《土门》要参加签名售书活动的，在济宁城里搞了一场，书店的人又动员我再到曲阜搞一次，我断然拒绝了。孔子门前怎能卖书呢？我带的是《土门》，我要上泰山登天门，奠地了还要祀天啊！我站在山顶的一截石阶上往天边看去，据说孔子当年就站在这儿，能看到吴国国都城门洞口的人物，可我什么也看不见，我是没有孔子的好眼力，但孔子教育了我放开了眼量，我需要一副好的眼力去看花开花落，看云聚云散，看透尘世的一切。

怀着拜孔子、登泰山的愿望进山东，额外地在济宁参观了武氏祠的汉画像石，多么惊天动地的艺术！数百块的石刻中，令我惊异的是最多的画像竟是孔子见老子图。中国最伟大的会见，历史的瞬间凝固在天地间动人的一幕，年轻的孔子恭敬地站在那里，大袖筒中伸出两只雁头，这是他要送给老子的见面礼。孔子身后是颜回等二十人，四人手捧简册，而子路头有雄鸡，可能是子路生性喜辩爱斗吧。这次会见，两人具体说了些什么，史料没有详载，民间也不甚传说，而礼仪之邦的芸芸众生却津津乐道，于此不疲，以至于有这么多的石刻图案。老子在西，孔子在东，孔子能如此地去见老子，但孔子生前为什么竟不去秦呢？这个问题我站在泰山顶上了还在追问自己，仍是究竟答不出。孔子说登泰山而赋，我要赋什么呢？我要赋的就只有这一腔疑惑和惆怅了。

1997年5月10日夜记

商州又录

小序

去年两次回到商州,我写了《商州初录》。拿在《钟山》杂志上刊了,社会上议论纷纷,尤其在商州,《钟山》被一抢而空,上至专员,下至社员,能识字的差不多都看了,或褒或贬,或抑或扬。无论如何,外边的世界知道了商州,商州的人知道了自己,我心中就无限欣慰。但同时悔之《初录》太是粗糙,有的地名太真,所写不正之风的,易被读者对号入座;有的字句太拙,所旨的以奇反正之意,又易被一些人误解。这次到商州,我是同画家王军强一块旅行的，他是有天才的，彩墨对印的画无笔而妙趣天成。文字毕竟不如彩墨了，我只仅仅录了这十一篇。录完一读，比《初录》少多了，且结构不同，行文不同，地也无名，人也无姓，只具备了时间和空间，我更不知道这算什么样文体。匆匆又拿来求读者鉴定了。

商州这块地方，大有意思，出山出水出人出物，亦出文章。面对这块地方，细细作一个考察，看中国山地的人情风俗，世时变化，考察者没有不长了许多知识，清醒了许多疑难，但要表现出来实在是笔不能胜任的。之所以我还能初录了又录，全凭着一颗拳拳之心。我甚至有一个小小的野心：将这种记录连续写下去。这两录重在山光水色、人情风俗上，往后的就更要写到新中国成立以来各个时期的政治、经济诸方面的变迁在这里的折光。否则，我真于故乡"不肖"，大有"无颜见江东父老"之愧了。

一

最耐得寂寞的，是冬天的山，褪了红，褪了绿，清清奇奇地瘦，像是从皇宫里出走到民间的女子，沦落或许是沦落了，却还原了本来的面目。石头裸裸地显露，依稀在草木之间。草木并没有摧折，枯死的是软弱，枝柯僵硬，风里在铜韵一般地颤响。冬天是骨的季节吗？是力的季节吗？

三个月的企望，一轮嫩嫩的太阳在头顶上出现了。

风开始暖暖地吹，其实那不应该算作风，是气，肉眼儿眯着，是丝丝缕缕的捉不住拉不直的模样。石头似乎要发酥呢，菊花般的苔藓亮了许多。说不定在什么时候，满山竟有了一层绿气，但细察每一根草，每一枝柯，却又绝对没有。两只鹿，一只有角的和一只初生的，初生的在试验腿力，一跑，跑在一片新开垦的田地上，清新的气息使它撑了四蹄，呆呆的，然后一声锐叫，寻它的父亲的时候，满山树的枝柯，使它分不清哪一丛是老鹿的角。

山民挑着担子从沟底走来，棉袄已经脱了，垫在肩上，光光的脊梁上滚着有油质的汗珠。路是顽皮的，时断时续，因为没有浮尘，也没有他的脚印；水只是从山上往下流，人只是牵着路往上走。

山顶的窝洼里，有了一簇屋舍。一个小妞儿刚刚从鸡窝里取出新生的热蛋，眯了一只眼儿对着太阳耀。

二

这个冬天里，雪总是下着。雪的故乡在天上，是自由的纯洁的王国；落在地上，地也披上一件和平的外衣了。洼后的山，本来也没有长出什么大树，现在就浑圆圆的，太阳并没有出来，却似乎添了一层光的虚晕，慈慈祥祥的像一位梦中的老人。洼里的林梢全覆盖了,幻想是陡然涌满了凝固的云,偶尔的风间或使某一处承受不了压力,陷进一个黑色的坑,却也是风,又将别的地方的雪扫来补缀了。只有一直走到洼下的河沿,往里一看,云雪下是黑黝黝的树干,但立即感觉那不是黑黝黝,是蓝色的,有莹莹的青光。

河面上没有雪,是冰。冰层好像已经裂了多次,每一次分裂又被冻住,明显有着纵纵横横的银白的线。

一棵很丑的柳树下,竟有了一个冰的窟窿,望得见下面的水,是黑的,幽幽的神秘。这是山民凿的,从柳树上吊下一条绳索,系了竹筐在里边,随时来提提,里边就会收获几尾银亮亮的鱼。于是,窟窿周围的冰层被水冲击,薄亮透明,如玻璃罩儿一般。

山民是一整天也没有来提竹筐了吧?冬天是他们享受天伦之乐的季节,任阳沟的雪一直涌到后墙的檐下去,四世同堂,只是守着那火塘。或许,火上的吊罐里,咕嘟嘟煮着熏肉,热灰里的洋芋也熟得冒起白汽。那老爷子兴许喝下三碗柿子烧酒,醉了。孙子却偷偷拿了老人的猎枪,拉开了门,门外半人高的雪扑进来,然后在雪窝子里拔着腿,无声地消失了。

一切都是安宁的。

黄昏的时候,一只褐色的狐狸出现了。它一边走着,一边用尾巴扫着身后的脚印,悄没声地伏在一个雪堆下。雪堆上站着一只山鸡，这是最俏的小动物了，翘着赤红色的长尾，欣赏不已。远远的另一个雪堆上，老爷子的孙子同时卧倒了，伸出黑黑的枪口，右眼和准星已经同狐狸在一条线上……

三

西风一吹，柴门就掩了。

女人坐在炕上，炕上铺满着四六席，满满当当的，是女人的世界。火塘的出口和炕门接在一起，连炕沿子上的红椿木板都烙腾腾的。女人舍不得这份热，把粮食磨子搬上来，盘脚正坐，摇那磨拐儿，两块凿着纹路的石头，就动起来，呼噜噜一匝，呼噜噜一匝，"毛儿，毛儿"，她叫着小儿子；小儿子刚会打能能，对娘的召唤并不理睬，打开了炕角一个包袱，翻弄着五颜六色的、方的圆的长的短的碎布头儿，玩腻了，就来扑着娘的脊背抓。女人将儿子抱到从梁上吊下来的一个竹筐子里，一边摇一匝磨拐儿，一边推一下竹筐儿。有节奏的晃动和有节奏的响声，使小儿子就迷糊了。女人的右手也乏疲了，两只手夹一个六十度的角，一匝匝继续摇磨拐儿。

风天里，太阳走得快，过了屋脊，下了台阶，在厦屋的山墙上磨蚀了一片，很快就要从西山峁上滚下去了。太阳是地球的一个磨眼吧,它转动一圈,把白天就从磨眼里磨下去,天就要黑了?

女人从窗子里往外看,对面的山头上,孩子的爹正在那里犁地。一排儿五个山头,山头上都是地;已经犁了四个山头,犁沟全是由外往里转,转得像是指印的斗纹,五个山头就是一个手掌。女人看不到手掌外的天地。

女人想:这日子真有趣,外边人在地里转圈圈,屋里人在炕上摇圈圈。春天过去了,夏天就来;夏天过去了,秋天就来;秋天过去了,冬天就来。一年四季,四个季节完了,又是一年。

天很快就黑了,女人溜下炕生火做饭。饭熟了,她一边等着男人回来,一边在手心唾口唾沫,抹抹头发。女人最爱的是晚上,她知道,太阳在白日散尽了热,晚上就要变成柔柔情情的月亮的。

小儿子就醒了,女人抱了她的儿子,倚在柴门上指着山上下来的男人,说:"毛儿爹——叫你娃哟——哟——哟——"

"哟——哟——"却是叫那没尾巴狗的,因为小儿子屎拉下来了,要狗儿来舔屎的。

四

初春的早晨,没有雪的时候就有着雾。雾很浓,像扯不开的棉絮,高高的山就没有了吓人的巉石,山弯下的土塬上,林梢也没有了黝黝的黑光。河水在流着,响得清喧喧的。

河对岸的一家人,门拉开的声很脆,走出一个女儿,接着又牵出一头毛驴走下来。她穿着一件大红袄儿,像天上的那个太阳,晕了一团,毛驴只显出一个长耳朵的头,四个蹄腿被雾裹着。她是下到河里打水的。

这地面只有这一家人,屋舍偏偏建得高,原本那是山嘴,山嘴也原本是一个囫囵的石头。石头上裂了一条缝,缝里长出一棵花栗木树。用碎石在四周帮砌上来,便做了屋舍的基础。门前的石头面上可以织布,也可以晒粮食。这女儿是独生女,二十出头,一表人才。方圆几十里的后生都来对面的山上,山下的梢林里,割龙须草,拾毛栗子,给她唱花鼓。

她牵着毛驴一步步走下来,往四周看看,四周什么都看不清,心想:今日倒清静了!无声地笑笑,却又感到一种空落。河上边的木板桥上,有一鸡爪子厚的霜,没有一个人的脚印。

在河边，她圪蹴下了，卸下毛驴背上的木桶，一拎，水就满了，但却不急着往驴背上挂，大了胆儿往河那边的山上、塬上看。看见了河水割开的十几丈高的岸壁，吃水线在雾里时隐时现。有一棵树，她认得是冬青木的，斜斜地在壁上长着。这是一棵几百年的古木，个儿虽并不粗高，却是岸上塬头上的梢林的祖爷子。那些梢林长出一代，砍伐了一代，这冬青还是青青地长着，又孕了米粒大的籽儿。

她突然心里作想：这冬青，长在那么危险的地方，却活得那么安全呢。

于是，也就想起了那些唱给她的花鼓曲儿。水桶挂在毛驴背上，赶着往回走，走一步，回头看一下，走一步，再回过头来。雾还没有退。桥面上的霜还白白的。上斜坡的时候，路仄仄地拐"之"字形，她却唱起一首花鼓曲了：

后院里有棵苦李子树啊，小郎儿哟，
未曾开花，亲人哪，
谁敢当哎，哥呀嗳！

五

秋天里，什么都成熟了；成熟了的东西是受不得用手摸的，一摸就要掉呢。四个女子，欢得像风里的旗，在一棵柿树上吃蛋柿。洼地里路纵纵横横,似一张大网,这树就在网底,像伏着的一只大蜘蛛。果实很繁,将枝股都弯弯地坠下来,用不着上树,寻着一个目标,拿嘴轻轻咬开那红软了的尖儿,一吸,甜的香的软的光的就全到了肚子里。只需再送一口气去,那蛋柿壳儿就又复圆了。末了,最高的枝儿上还有一颗,她们拿石子掷打,打一次没有打中,再打一次,还是不中。

树后的洼地里,呜哇哇有了唢呐声,一支队伍便走过来了。这是迎亲的。一家在这边的山上,一家在那边的山上,家与家都能看见,路却要深入到这洼地,半天才能走到。洼地里长满了黄蒿,也长满了石头,迎亲的队伍便时隐时现,好像不是在走,是浮着漂着来的。前面两杆唢呐,三尺长的铜杆,一个碗大的口孔,拉长了喉咙,扩大了嘴地吹。后边是两架花轿,轿简易却奇特,是两根红桑木碾杆,用红布裹了,上边缚一个座椅,也是铺了红布的,一走一颠,一颠一闪;新郎坐了一架,新娘坐了一架。再后边,是未婚的后生抬了柜,抬了箱,被子,单子,盒子,镜子。再后边,是一群老幼。女人们衣服都浆得硬硬的,头上抹了油,一边交头接耳,一边拿崭新的印花手帕撩撩,赶那些追着油香飞的蜂。

吃蛋柿的女子忙隐身在树后,睁一只眼儿看,看见了那红桑木碾杆上的新娘,从头到脚穿得严严实实,眼睛却红红的,像是流过泪。吹唢呐的回头看一眼,故意生动着变形的脸面,新娘噗地笑了,但立即就噤住,脸红得烧了火炭。

一生都在山路上走,只有这一次竟不走路啊,被抬着。娘生她在这个山头上,长大了又要到那个山头上去生去养了。

树后的女子都觉得有趣,细嚼起来,却不知道这是怎么回事。

她们很快被迎亲的队伍发现了,都拿眼光往这里瞅。四个女子羞羞的,却一起仰起头儿盯着那高枝儿上的蛋柿。她们没有用石子去打,蛋柿也没有掉下来。

迎亲队伍没有停,过去了。他们走过了一条小路,柿树下同时放射出的,通往四面八方山头的小路上,便都有了唢呐的余音。

六

高高的山挑着月亮在旋转,旋转得太快了,看着便感觉没有动,只有月亮的周围是一圈一圈不规则的晕,先是黑的,再是黄的,再灰,再紫,再青,再白。洼地里全模糊了,看不见地头那个草庵子,庵后那一片桃林,桃林全修剪了,出地像无数的五指向上分开的手。桃林过去,是拴驴的地方,三个碌碡,还有一根木桩,现在看不见了,剪了尾巴的狗在那里叫。河里,桥空无人,白花花的水。

一个男人,蹲在屋后阳沟的泉上,拿一个杆杖在水里搅,搅得月亮碎了,星星也碎了,一泉的烂银,口中念念有词。接着就摸起横在泉口的竹管。这竹管是打通了节的,一头接在泉里,一头是通过墙眼到屋里的锅台上。他却不得进屋去。他已经是从门口走过来,又走到门口去,心里痒痒的,腿却软得像抽了筋,末了就使劲敲门。屋里有骂他的声音。

骂他的是一个婆子,婆子正在搬弄着他的女人;女人正在为他生着儿子。他要看着儿子是怎样生出来的,婆子却总是把他关门外。

"这是人生人呢!"

"我是男子汉,死都不怕呢!"

"不怕死,却怕生呢。"

他不明白,人生人还这么可怕。当女人在屋里一阵阵惨叫起来,他着实是害怕了。他搅着泉水祈祷,他想跑过那桃林,一个人到河面的桥上去喊。他却没了力气,倒在木桩篱笆下,直眼儿只看着月亮,认作那是风火轮子,是一股旋风,是黑黑的夜空上的一个白洞。

一更过去,二更已尽,已经是三更,鸡儿都叫了。女人还在屋里嘶叫。他认为他的儿子糊涂:来到这个世界竟这么为难。山洼里多好,虽然有狼,但只要在猪圈墙上画白灰圈圈，它就不敢来咬猪了。这里山高，再高的山也在人的脚下。太阳每天出来，怕什么，只要脊背背了它从东山走到西山，它就成月亮了。晚上不是还有疙瘩柴火烤吗？还有洋芋糊汤呢。你会有媳妇，还有酒，柿子可以烧，苞谷也可以烧，喝醉了，唱花鼓。

女人一声锐叫，不言语了。接替女人叫的是一阵尖而脆的哇哇啼声。

门打开了，接生的婆子喊着男人："你儿子生下了，生下了！"催他进去烧水，打鸡蛋，泡馍。男人却稀软得立不起来。天上的月亮没有了，星星亮起来，他觉得星星是多了一颗。

"又一个山里人。"他说。

七

路到山上去，盘十八道弯，山顶上一棵栗木树下一口泉，趴下喝了，再从那边绕十八道弯下去。山的两面再没有长别的树，石头也很分散，却生满了刺玫，全拉着长条儿覆衍石上，又互相交织在一起。花儿却嫩得沁出水儿，一律白色，惹得蝴蝶款款地飞。

十八道弯口，独独一户人家，住着个寡妇。寡妇年轻，穿着一双白布蒙了尖儿的鞋，开了店卖饭。

公路上往来的司机都认识她,她也认识司机,迟早在店里窗内坐着,对着奔跑的汽车一抬手,车就停了。方圆三十里的山民,都称她是"车闸"。

山里人出到山外去,或者从山外回到山里来,都在店里歇脚。谁也不惹她,谁也没理由敢惹她。她认了好多亲家,当然,干儿子干女儿有几十,有本乡本土的,有山外城里的。为了讨好她,送给她狗的人很多;为了讨好她,一走到店前就唤了狗儿喂东西吃。十几条狗都没有剪尾巴,肥得油光水亮。

八月里,店里店外堆满了柿子,核桃,黄蜡,生漆,桐油;山民们都把山货背来交给她。她一宗一宗转卖给山外来的汽车。店里说话的人多,吃饭的人少。营业的时间长,获取的利润短。她不是为了钱,钱在城乡流通着,使她有了不是寡妇的活泼。活泼,使一些外地来人都知道了她是寡妇,她不害羞,穿了那双有白布的鞋儿,整头平脸,拿光光的眼睛看人,外地来人也就把她这个寡妇知道了,也讨好地掰了干粮给那狗儿吃,也只有给狗儿吃。

满山的刺玫都开了,白得宣净,一直繁衍到了店的周围。因为刺在花里,谁也不敢糟蹋花,因为花围了店屋,店里人总是不断。忽一日,深山跑来一只美丽的麝,从那边十八道弯里跑上,从这边十八道弯里跑下,又在山梁上跑。山里的一切猎手都不去打。他们一起坐在店里往山头上看,说那麝来回跑得那么快，是为它自身的香气兴奋呢。

八

你毕竟是看见了，仲夏的山上并不是一种纯绿，有黄的颜色，有蓝的颜色，主体则是灰黑的，次之为白，那是枸子和狼牙刺的花了。你走进去，你就是你梦中的人，感觉到了渺小，却常常会不辨路径，坐下来看那峡谷，两壁的梢林交错着，你不知道谷深到何处，成团成团的云雾往外涌，疑心是神鬼在那里出没。偶然间一棵干枯的树站在那里，满身却是肉肉的木耳。有蛇，黑藤一样地缠在树上。气球大的一个土葫芦，团结了一群细腰黄蜂。你蹑手蹑脚地走过去，一只松鼠就在路中摇头洗脸了。这小玩意儿，招之即来，上了身却不被抓住，从右袖筒钻进去了，又从左袖筒钻出去了。同时有一声怪叫，嘎喇喇地，在远处的什么地方，如厉鬼狞笑。

你终于禁不住了寂寞，唱起来，一旦唱起来，就不敢停下，想要使所有的东西都听见，来提醒它们：你是有力量的，是强者。但唱得声越来越颤了。惊恐驱使着你突然跑动，越跑越紧，像是在梦中一样，力不从心。后来就滚下去，什么也不可得知了。

人昏了，权当是睡着了；但醒来，却是忍不住的苦痛，腿上的血还在流呢。

一位老者，正抱着你，你只看见那下巴上一窝银须，在动，不见那嘴，末了，胡子中吐出一团烂粥般的草，是蓝莲芽。敷在腿上的伤口，于是血凝固，亦不再疼。你不知道他是谁，哪儿来的。

"采药的。"他说。

"采药的？就在这山上，成年采吗？"

他点点头，孤独已经使他不愿再多说话吗？扶着你站起来，他就走了。

你是该下山了，但你不愿意，想陪陪他，心里在说：山上是太苦了。正是太苦，才长出了这苦口的草药吗？采药的人成年就是挖着这苦，也正是挖着了这草药的苦，才医治了世上人的一生中所遇到的苦痛吗？

你一定得意了你这话里的哲理，回头再寻那采药人，云雾又从那一丛黑柏下涌过来了，什么也没有了响动，你听见的是你的呼吸声。

九

一座山竟是一块完整的石头，这石头好像曾经受了高温，稀软着往下墩，显出一层一层下墩的纹线。在左边，有一角似乎支持不住，往下滴溜，上边的拉出一个向下的奶头状,下边的向上壅一个蘑菇状,快要接连了,突然却凝固,使完整的石头又生出了许多灵巧,倒疑心此山是从什么地方飞来的。

河水就绕着这山的半圆走,水很深,是黑的液体,只有盛在桶里,才知道它是清白的,清白到了没有。沿着河边的砭石,人家就筑起屋舍,屋舍并不需起基础,前墙根紧挨着砭石沿,屋下的水面,什么地方在砭石上凿出坑儿,立栽上石条,然后再用石头斜斜垒起来,算作台阶。水涨了,台阶就缩短,水落了,台阶就拉长。水也是长了脚的,竟有一年走到门槛下,鸡儿站在门墩上能喝水。

现在,水平平地伏在台阶下,那里是码头,柏木解成了一溜长排,被拴在石嘴上。船儿从峡谷里并没有回来,女人们就蹲在那里捶打一种树皮。这树皮在水里泡了七七四十九天,用棒槌砸着,砸出麻一样的丝来,晒干了可以拧绳纳鞋底。四只五只鸭子在那里浮,看着一个什么就钻下去啄,其实那不是鱼,是天上落下的还没有消失的残月。

一只很大的木排撑下来,靠近了对面的山根,几十人开始抬一个棺材往山上去,唢呐咿咿呜呜的。这是河湾上一个汉子要走了,他是在上游砍荆条,然后扎排运到下游去卖,已经砍了许多,往山下扛的时候,滚了坡。在外的人横死了,尸首不能进家门,棺材上就缚了一只雄鸡,一直要运到河那边山头的坟地去。熟人死了一个,新鬼多了一名。孝子婆娘在唢呐声中哭,有板有眼。这边砸树皮的女人都站起来,说那汉子的好话,看着那儿子在河里摔了孝子盆,就拿一块手帕,捂了鼻子嘴地流眼泪。

在水里钻了一生,死了却都要到山顶上去,女人们不明白这是为什么,或许山上有荆条,有龙须草,有桐籽,有土漆,河里只是运往的路吧。唢呐吹得这么响,唢呐是人生的乐器呢,上世的时候,吹过一阵,结婚的时候,吹过一阵,下世的时候,还是这么吹。

一个女人突然觉得肚子疼,她想了想,才六个月,还不是坐炕的日子呀?就怀疑是那汉子的阴魂要作孽了,吓得脸色苍白。夜里,女人的男人偷偷从门前石阶上下去,坐船到了对岸山上,浇了一壶酒,将削好的四个桃木橛子钉在坟头,说:"你不要勾了我的儿子,让他满满月月生下来,咱山上河里总是盼着一个劳力啊!"

一切很安静。住人家的那块完整石头的山上,月亮小小的,水落了,门下斜斜的台阶,长长的,月亮水影照着像一条光光的链条。

十

一群乌鸦在天上旋转,方向不固定的,末了,就落下来;黑夜也在翅膀上驮下来了。九沟十八岔的人,都到河湾的村里来，村里正演电影。三天前消息就传开，人来得太多，场畔的每一棵苦楝子树，枝枝丫丫上都坐满了，从上面看，尽是头，像冰糖葫芦，从下面看，尽是脚，长的，短的，布底的，胶底的。后生们都是二十出头，永不安静在一个地方，灰暗里，用眼睛寻着眼睛说话。

早先地在一起，他们常被组织着，去修台田，去狩猎，去护秋，男男女女在一起说话，嬉闹，大声笑。现在各在各家地里，秋麦二料忙清了，袖着手总觉得要做什么，却不知道做什么，肚子饱饱的，却空空地饥饿。只看见推完磨碾后的驴，在尘土里打滚，自己的精神泄不出去，力气也恢复不来。

场畔不远，就是河，河并不宽，水却深深的。两岸都密长了杂木，又一层儿相对向河面斜，两边的树枝就复交纠缠了。河面常被这种纠缠覆盖，时隐时现。一只木排，被八个女子撑着，咿咿呀呀漂下来。树分开的时候，河是银银的，钻树的防空洞了，看不见了树身上的蛇一样裹绕的葛条，也看不见葛条上生出茸茸的小叶的苔藓。木排泊在场畔下，八个女子互相照看了头发，假装抹脸，手心儿将香脂就又一次在脸上擦了，大声说笑着跳上场畔。

后生们立即就发现了，但却正经起来，两只眼儿都睁着，一只看银幕，一只看着场畔。

八个女子，三个已经结了婚，勾肩搭背的，往人窝里去了，她们不停地笑，笑是给同伴听的，笑也是给前后的人听的。前后有了后生，也大声说话，话是说明电影上的事，话也是给他人说明自己的能耐的。都知道是为了什么，都不说是为了什么。

五个女子是没有订婚的，五个女子却并不站在一起，又不到人窝去，全分散在场畔边上，离卖醪糟的小贩摊不远不近，小贩摊上的马灯照在身上，不暗不明。有后生就匆匆走过去，又匆匆走过来，忙乱中瞅一眼，或者站在前边，偏踩在一块圆石头上，身子老不得平衡，每一次从石头上歪下来，后看一眼，不经意的。女子就哧哧地笑，后生一转身，笑声便噤，身再一转，哧哧又响。目光碰在一起了，目光就说了话，后生便勇敢了，要么搭讪一句，要么挪过步来，女子倒忽地冷了脸，骂一声"流氓"，热热的又冷冷了，后生无趣地走了。女子却无限后悔，望着星星，星星蒙蒙的，像滴流着水儿。再换过地方，站在卖醪糟的那边，一只手儿托着下巴，食指咬在牙里。

一场电影完了，看了银幕上的人，也看了看银幕上的人的人，也被人看了。八个女子集合在场畔，唱了一段花鼓，却说："别唱了，那些没皮脸的净往这儿看呢！"就爆一阵笑声，上了木排，从水面上划走了。木排在河里，一河的星星都在身下，她们数起来，都争着说哪颗星星是她的，但星星老数不清。说："这电影真好！"奋力划桨。

木排上行到五里外的湾里，八个女子跳下去，各自问一句："几时还演电影呢？"各自走进八个岸边的山洼。已经听见狗在家门口汪着了，一时间，脚腿却沉重起来，没了一丝儿力气……

十一

冬天里沟深，山便高，月便小，逆着一条河水走，水下是沙，沙下是水，突然水就没有了，沙干白得像漂了粉，疑惑水干涸了，再走一段，水又出现，如此忽隐忽现。一个源头，倒分地上地下两条河流。山在转弯的时候，出现一片栲树，树里是三间房，房没有木架，硬打硬搁，两边山墙上却用砖砌了四个"吉"字。栲树叶子都枯了，只是不脱落，静得没声没息。门前一溜石板下去，是一处场面，左边新竹，每一片细叶都亮亮的，像打了蜡光。竹子下是石碌子碾子，碾盘上卧着一条狗，碾杆上挂着一副牛的暗眼套。右边是十三个坟墓，坟墓前边都有一个砖砌的灯盏窝。这是百十年里这屋里的主人。十三个主人都死去了，这屋还没有倒，新的主人正坐在炕上。

这是个老婆子，七十多岁了，牙口还好，在灯下捏针纳扣门儿，续线的时候，线头却穿不到针眼，就叹口气坐着，起身从锅台上抱了猫儿上来。猫是妖媚的玩物，她离不得它，它也离不得她，她就在嘴里嚼馍花，嚼得烂烂的了，拿在手里喂它吃。

孙子还没有回来。黄昏时到下边人家喝酒去了。孙子是儿子的一条根，儿子死了，媳妇也死了，她盼着这孙子好生守住这个家。孙子却总是在家里坐不住，他喜欢看电影，十里外的地方演也去，回来就呆呆痴几天。他不愿留光头。衣服上不钉扣门儿。两年前就不和她一个炕上睡，嫌她脚臭。早晚还刷牙呢。有男朋友，也有女朋友，一起说话，笑，她听不懂。

她总觉得这孙子有一对翅膀，有一天会飞了。

灯光幽幽的，照在墙角一口棺木上，这是她将来睡的地方，儿子活着的时候就做了的，但儿子死了，她还活着。每一年就用土漆在上边刷一次，已经刷过八次了。她也奇怪自己命长。是没有尽到活着的责任吗？洋芋糊汤疙瘩火，这么好的生活，她不愿离去，倒还收不住她的心呢！

心想：现在的人，怎么就不像前几年的人了，一天不像一天了。她疑心是她没在门框上挂一个镜儿。上辈人常是家里有灾有祸了，要挂一块镜子的。她爬起来，将镜子就挂上了，企望一切邪事不要勾了孙子的魂，把外界的诱惑都用镜收住吧。

半夜里，门外有了脚步声，有人在敲门。老婆子从窗子看出去，三个人背着孙子回来了，打着松油节子火把，说是孙子喝醉了。白日听说县上要修一条柏油公路到这里来，他们庆贺，酒就喝得多了。老婆子窸窸窣窣下来开门，嘟囔道："越来越不像山里人了！"

门框上的镜亮亮的，在坟头上照下一点白；天上的月亮分外明，照得满山满谷里的光辉。

1984年秋

黄土高原

沟是不深的,也不会有着水流;缓缓地涌上来了,缓缓地又伏了下去;群山像无数偌大的蒙古包,呆呆地在排列。八月天里,秋收过了种麦,每一座山都被犁过了,犁沟随着山势往上旋转,愈旋愈小,愈旋愈圆。天上是指纹形的云,地上是指纹形的田,它们平行着,中间是一轮太阳;光芒把任何地方也照得见了,一切都亮亮堂堂。缓缓地向那圆底走去,心就重重地往下沉,山洼里便有了人家。并没有几棵树的,窑门开着,是一个半圆形的窟窿,它正好是山形的缩小,似乎从这里进去,山的内部世界就都在里边。山便再不是圆圈的叠合了,无数的抛物线突然间凝固,天的弧线囊括了山的弧线，山的弧线囊括了门窗的弧线。一地都是那么寂静了，驴没有叫，狗是三个、四个地躺在窟背，太阳独独地在空中照着。

路如绳一般地缠起来了：山垭上，热热闹闹的人群曾走去赶过庙会。路却永远不能踏出一条大道来，凌乱的一堆细绳突然地扔了过来，立即就分散开去，在洼底的草皮地上纵纵横横了。这似乎是一张巨大的网，由山垭哗地撒落下去，从此就老想要打捞起什么了。但是，草皮地里能有什么呢？树木是没有的，花朵是没有的，除了荆棘、蒿草，几乎连一块石头也不易见到。人走在上边，脚用不着高抬，身用不着深弯，双手直棍一般地相反叉在背后，千次万次地看那羊群漫过，粪蛋儿如急雨落下，嘭嘭地飞溅着黑点儿。起风了，每一条路上都在冒着土的尘烟，簌簌的，一时如燃起了无数的导火索，竟使人很有了几分骇怕呢。一座山和一座山，一个村和一个村，就是这么被无数的网罩起来了。走到任何地方，每一块都被开垦着，每处被开垦的坡下，都会突然地住着人家，几十里内，甚至几百里内，谁不知道哪条沟里住着哪户人家呢？一听口音，就攀谈开来，说不定又是转弯抹角的亲戚。他们一生在这个地方，就一刻也不愿离开这个地方，有的一辈子也没有去过县城，甚至连一条山沟也不曾走了出去；他们用自己的脚踏出了这无数的网，他们却永远走不出这无数的网。但是，他们最大的乐趣是在二三月，山沟里的山鸡成群在崖畔晒日头,几十人集合起来,分站在两个山头,大声叫喊,山鸡子从这边山上飞到那边山上,又从那边山上飞到这边山上,人们的呐喊,使它们不能安宁,它们没有鹰的翅膀(可以飞过更多的山沟),三四个来回,就立即在空中方向不定地旋转,猛地石子一样垂直跌下,气绝而死了。

土是沙质的,奇怪的是靠崖凿一个洞去,竟百年千年不会倒坍,或许筑一堵墙吧,用不着去苫瓦,东来的雨打,西去的风吹,那墙再也不会垮掉,反倒生出一层厚厚的绿苔,春天里发绿,绿嫩得可爱,夏天里发黑,黑得浓郁,秋天里生出茸绒,冬天里却都消失了,印出梅花一般的白斑。日月东西,四季交替,它们在希冀着什么,这么更换着苔衣?!默默的信念全然塑造成那枣树了,河滩上,沟畔里,在窗前的石碌子碾盘前,在山与山弧形的接壤处,突然间就发现它了。它似乎长得毫无目的,太随便了,太缓慢了,春天里开一层淡淡的花,秋天里就挂一身红果。这是最懂得了贫困,才表现着极大的丰富吗?是因为最懂得了干旱,那糖汁一样的水分才凝固在枝头吗?

冬天里,逢个好日头,吃早饭的时候,村里人就都圪蹴在窗前石碾盘上,呼呼噜噜吃饭了。饭是荞麦面,汤是羊肉汤,海碗端起来,颤悠悠的,比脑袋还要大呢。半尺长的线线辣角,就夹在二拇指中,如山东人夹大葱一样,蘸了盐,一口一截，鼻尖上，嘴唇上，汗就咕咕噜噜地流下来了。他们蹲着，竭力把一切都往里收，身子几乎要成一个球形了，随时便要弹跳而起，爆炸开去。但随之，就都沉默了，一言不发，像一疙瘩一疙瘩苔石，和那碾盘上的石磙子一样，凝重而粗笨了。窗内，窗眼里有一束阳光在浮射，婆姨们正磨着黄豆，磨的上扇压着磨的下扇，两块凿着花纹的石头顿挫着，黄豆成了白浆在浸流。整个冬天，婆姨们要待在窑里干这种工作，如果这磨盘是生活的时钟，这婆姨的左胳膊和右胳膊，就该是搅动白天和黑夜的时针和分针了。

山峁下的小路上，一月半月里，就会起了唢呐声的。唢呐的声音使这里的人们精神最激动，他们会立即放下一切活计，站在那里张望。唢呐队悠悠地上来了，是一支小小的迎亲队，前边四支唢呐，吹鼓手全是粗壮汉子，眼球凸鼓，腮帮满圆，三尺长的唢呐吹天吹地，满山沟沟都是一种带韵的吼声了。农人不会作诗，但他们都有唢呐，红白喜事，哭哭笑笑，唢呐扩大了他们的嘴。后边，是一头肥嘟嘟的毛驴，耸着耳朵，喷着响鼻，额头上，脖子上，红红绿绿系满彩绸。套杆后就是一辆架子车，车头坐着一位新娘，花一样娟美，小白菜一样鲜嫩，她盯着车下的土路，脸上似笑，又未笑，欲哭，却未哭，失去知觉了一般的麻麻木木。但人们最喜欢看这一张脸了，这一张脸，使整个高原以此明亮起来。后边的那辆车，是两个花枝招展的陪娘坐着，咧着嘴憨笑，狼狼狈狈地紧抱着陪箱、陪被、枕头、镜子。再后边便是骑着毛驴的新郎，一脸的得意，抬胳膊动腿地常要忘形。每过一个村庄，认识的，不认识的，都要在怀里兜了枣儿祝贺，吃一颗枣儿，道一声谢谢，道一声谢谢，说一番吉祥，唢呐就越发热闹，声浪似乎要把人们全部抛上天空，轰然粉碎了去呢。

最逗人情思的是那村头小店：几乎每一个村庄，路畔里就有了那么一家人，老汉是肉肉的模样，婆姨是瘦瘦的精干，人到老年，弯腰驼背的，却养出个万般水灵的女儿来。女儿一天天长大，使整个村庄自豪，也使这个村庄从此不能安宁。父母懂得人生的美好，也懂得女儿的价值，他们开起店来，果然生意兴隆。就有了那么个后生，他到远远的黄河东岸去驮铁锅去了，一去三天三夜，这女子老听见驴子哇儿哇儿地响，站在窗前的枣树下，往东看得脖子都硬了。她恨死了后生，恨得揉面，捏了他的小面人儿，捏了便揉，揉了又捏。就在她去后洼洼拔萝卜的时候，那后生却赶回来，坐在窑里吃饭，说一声："这面怎么没味？"回道："我们胳膊没劲，巧巧不在。""啊达去了？"人家不理睬，他便脸通红，末了出了门，一步三回头。老人家送客送到窑背背，女子止赶回藏在山峁峁，瞧见爹娘在，想卜去说句话，又怕老人嫌，呆在那里，灰不沓沓。只待得爹娘转脚回去了，一阵风从峁上卷下来："等一等！"跟跟跄跄跑近了，羞羞答答，扭扭捏捏，却从怀里掏出个青杏儿来。

可怜这地面老是干旱，半年半年不曾落下一滴雨。但是，一落雨就没完没了，沟也满了，河也满了。住在几圪塔洼里的人家，一下雨人人都在关心着门前那条公路了。公路是新开的，路一开，外面的人就都来过，大卡车也有，小卧车也有，国家干部来家说一席漂亮的京腔，录一段他们的歌谣，他们会轻狂地把什么好东西都翻出来让人家吃。客人走过，窑背上的皮鞋印就不许被扫了去，娃娃们却从此学得要刷牙，要剪发……如今雨地里路垮了，全村人心都揪起来，一个人背了镢头去修，全村人都跟了去干。小卧车嘟嘟地开过来，停在那边，他们急得骂天骂地骂自己，眼泪都要掉下来。公家的事看得重，他们的力气瞧得轻。路修通了，车开过了，车一响，哗地人们都向两边靠，脸是笑笑的，十二分的虔诚和得宠，肥大的狗汪汪地叫着要去撵，几个人拉住绳儿不敢丢手。

走遍了十八县，一样的地形，一样的颜色，见屋有人让歇，遇饭有人让吃。饭是除了羊肉、荞面，就是黄澄澄的小米：小米稀作米汤，稠作干饭，吃罢饭，坐下来，大人小孩立即就熟了。女人都白脸子，细腰身，穿窄窄的小袄，蓄长长的辫，多情多意，给你纯净的笑；男的却边塞将士一般地强悍，大块吃肉，大碗喝酒，上了酒席，又有人醉倒方止。但是，广漠的团块状的高原，花朵在山洼里悄悄地开了，悄悄地败了，只是在地下土中肿着块茎；牛一般的力气呢，也硬是在一把老镢头下慢慢地消耗了，只是加厚着活土层的尺寸。春到夏，秋到冬，或许有过五彩斑斓，但黄却在这里统一，人愈走完他的一生，愈归复于黄土的颜色。每到初春里，大批大批的城里画家都来写生了，站在山洼随便一望，四面的山峁上，弧线的起伏处，犁地的人和牛就衬在天幕。顺路走近去，或许正在用力，牛向前倾着，人向前倾着，角度似乎要和土地平行了，无形的力变成了有形的套绳了。深深的犁沟，像绳索一般，一圈一圈地往紧里套，他们似乎要冲出这个愈来愈小的圈，但留给他们活动的地方愈来愈小，末了，就停驻在山峁顶上。他们该休息了。只有小儿们，停止了在地边玩耍，一步步爬过来，扑进娘的怀里，眨着眼，吃着奶……

1982年9月写于延川县

白浪街

丹江流经竹林关，向东南而去，便进入了商南县境。一百十一里到徐家店，九十里到梳洗楼，五里到月亮湾，再一十八里拐出沿江第四个大湾川到荆紫关，淅川，内乡，均县，老河口。汪汪洋洋九百九十里水路，山高月小，水落石出。船只是不少的，都窄小窄小，又极少有桅杆竖立，偶尔有的，也从不见有帆扯起来。因为水流湍急，顺江而下，只需把舵，不用划桨，便半天一晌，"轻舟已过万重山"了。假若从龙驹寨到河南西峡，走的是旱路，处处古关驿站，至今那些地方旧名依故，仍是武关，大岭关，双石关，马家驿，林河驿，等等。而老河口至龙驹寨，则水滩甚多，险峻而可名的竟达一百三十多处！江边石崖上，低头便见纤绳磨出的石渠和纤夫脚踩的石窝。虽然山根石皮上的一座座镇河神塔都差不多坍了半截，或只留有一堆砖石，那夕阳里依稀可见苍苔缀满了那石壁上的"流长源远"字样。一条江上，上有一座"平浪宫"在龙驹寨，下有一座"平浪宫"在荆紫关，一样的纯木结构，一样的雕梁画栋。破除迷信了，虽然再也看不到船供养着小白蛇，进"平浪宫"去供香火，三磕六拜，但在弄潮人的心上，龙驹寨、荆紫关是最神圣的地方。那些上了年纪的船公，每每摸弄着五趾分开的大脚，就夸说："想当年，我和你爷从龙驹寨运苍术、五倍子、木耳、漆油到荆紫关，从荆紫关运火纸、黄表、白糖、苏木到龙驹寨，那是什么情景！你到过龙驹寨吗？到过荆紫关吗？荆紫关到了商州的边缘，可是繁华地面呢！"

荆紫关确是商州的边缘，确是繁华的地面。似乎这一切全是为商州天造地设的，一闪进关，江面十分开阔。黄昏中平川地里虽不大见孤烟直长的景象，落日在长河里却是异常地圆。初来乍到，认识为之改变：商州有这么大平地！但江东荆紫关，关内关外住满河南人，江西村村相连，管道纵横，却是河南、湖北口音，唯有到了山根下一条叫白浪的小河南岸街上，才略略听到一些秦腔呢。

这街叫白浪街，小极小极的。这头看不到那头，走过去，似乎并不感觉这是条街道，只是两排屋舍对面开门，门一律装板门罢了。这里最崇尚的颜色是黑白：门窗用土漆刷黑，凝重、锃亮，俨然如铁门钢窗，家里的一切家什，大到柜子、箱子，小到罐子、盆子，土漆使其光明如镜，到了正午，你一人在家，家里四面八方都是你。日子富裕的，墙壁要用白灰搪抹，即使再贫再寒，那屋脊一定是白灰抹的，这是江边人对小白蛇（白龙）信奉的象征。每每太阳升起，空间一片迷离之时，远远看那山根，村舍不甚清楚，那错错落落的屋脊就显出对等的白直线段。烧柴不足是这里致命的弱点，节柴灶就风云全街，每一家一进门就是一个砖砌的双锅灶，粗大的烟囱，如"人"字立在灶上，灶门是黑，烟囱是白。黑白在这里和谐统一，黑白使这里显示亮色。即使白浪河，其实并无波浪，更非白色，只是人们对这一条浅浅的满河黑色碎石的沙河的理想而已。

街面十分单薄，两排房子，北边的沿河堤筑起，南边的房后就一片田地，一直到山根。数来数去，组成这街的是四十二间房子，一分为二，北二十一间，南二十一间，北边的斜着而上，南边的斜着而下。街道三步宽，中间却要流一道溪水，一半有石条棚，一半没有棚，清清亮亮，无声无息，夜里也听不到响动，只是一道星月。街里九棵柳树，弯腰扭身，一副媚态。风一吹，万千柔枝，一会打在北边木板门上，一会刷在南边方格窗上，东西南北风向，在街上是无法以树判断的。九棵柳中，位置最中的，身腰最弯的，年龄最古老而空了心的是一棵垂柳。典型的粗和细的结合体，桩如桶，枝如发。树下就侧卧着一块无规无则之怪石。既伤于观赏，又碍于街面，但谁也不能去动它。那简直是这条街的街徽。重大的集会，这石上是主席台，重要的布告，这石上的树身是张贴栏，就是民事纠纷，起咒发誓，也只能站在石前。

就是这条白浪街，陕西、河南、湖北三省在这里相交，三省交界，界碑就是这一块仄石。小小的仄石竟如泰山一样举足轻重，神圣不可侵犯。以这怪石东西直线上下，南边的是湖北地面，以这怪石南北直线上下，北边的街上是陕西，下是河南。因为街道不直，所以街西头一家，三间上屋属湖北，院子却属陕西，据说解放以前，地界清楚，人居杂乱，湖北人住在陕西地上，年年给陕西纳粮，陕西人住在河南地上，年年给河南纳粮。如今人随地走，那世世代代杂居的人就只得改其籍贯了。但若查起籍贯，陕西的为白浪大队，河南的为白浪大队，湖北的也为白浪大队，大凡找白浪某某之人，一定需要强调某某省名方可。

一条街上分为三省，三省人是三省人的容貌，三省人是三省人的语言，三省人是三省人的商店。如此不到半里路的街面，商店三座，座座都是楼房。人有竞争的禀性，所以各显其能，各表其功。先是陕西商店推倒土屋，一砖到顶修起十多间一座商厅；后就是河南弃旧翻新堆起两层木石结构楼房；再就是湖北人，一下子发奋起四层水泥建筑。货物也一家胜一家，比来比去，各有长短，陕西的棉纺织品最为赢，湖北以百货齐全取胜，河南挖空心思，则常常以供应短缺品压倒一切。地势造成了竞争的局面，竞争促进了地势的繁荣，就是这弹丸之地，成了这偌大的平川地带最热闹的地方。每天这里人打着旋涡，四十二户人家，家家都做生意，门窗全然打开，办有饭店，旅店，酒店，肉店，烟店。那些附近的生意人也就担筐背篓，也来摆摊，天不明就来占却地点，天黑严才收摊而回，有的则以石围圈，或夜不归宿，披被守地。别处买不到的东西，到这里可以买，别处见不到的东西，到这里可以见。"小香港"的名声就不胫而走了。

三省人在这里混居，他们都是炎黄的子孙，都由共产党领导，但是，每一省都不愿意丢失自己的省风省俗，顽强地表现各自的特点。他们有他们不同于别人的长处，他们也有他们不同于别人的短处。

湖北人在这里人数最多。"天有九头鸟，地有湖北佬"，他们待人和气，处事机灵。所开的饭店餐具干净，桌椅整洁，即使家境再穷，那男人卫生帽一定是雪白雪白，那女人的头上一定是丝纹不乱。若是有客稍稍在门口向里一张望，就热情出迎，介绍饭菜，帮拿行李，你不得不进去吃喝，似乎你不是来给他"送"钱的，倒是来享他的福的。在一张八仙桌前坐下，先喝茶，再吸烟，问起这白浪街的历史,他一边叮叮咣咣刀随案板响,一边说了三朝,道了五代。又问起这街上人家,他会说了东头李家是几口男几口女,讲了西头刘家有几只鸡几头猪,忍不住又自夸这里男人义气,女人好看。或许一声呐喊,对门的窗子里就探出一个俊脸儿,说是其姐在县上剧团,其妹的照片在县照相馆橱窗里放大了尺二,说这姑娘好不,应声好,就说这姑娘从不刷牙,牙比玉白,长年下田,腰身细软。要问起这儿特产,那更是天花乱坠,说这里的火纸,吃水烟一吹就着;说这里的瓷盘从汉口运来,光洁如玻璃片,结实得落地不碎,就是碎了,碎片儿刮汗毛比刀子还利;说这里的老鼠药特有功效,小老鼠吃了顺地倒,大老鼠吃了跳三跳,末了还是顺地倒。说的时候就拿出货来,当场推销。一顿饭毕,客饱肚满载而去,桌面上就留下七元八元的,主人一边端着残茶出来顺门泼了,一边低头还在说:照看不好,包涵包涵。他们的生意竟扩张起来,丹江对岸的荆紫关码头街上有他们的"租地",虽然仍是小摊生意,天才的演说使他们大获暴利,似乎他们的大力丸,轻可以治痒,重可以防癌,人吃了有牛的力气,牛吃了有猪的肥膘,似乎那代售的避孕片,只要和在水里,人喝了不再多生,狗喝了不再下崽,浇麦麦不结穗,浇树树不开花。张嘴使他们财源茂盛,财源茂盛使他们的嘴从不受亏,常常三个指头高擎饭碗,将面条高挑过鼻,沿街稀稀溜溜地吃。他们是三省之中最富有的公民。

河南人则以能干闻名，他们勤苦而不恋家，强悍却又狡狯。靠山吃山，靠水吃水，大人小孩没有不会水性的。每三日五日，结伙成群，背了七八个汽车内胎逆江而上，在五十里、六十里的地方去买柴买油桐籽。柴是一分钱二斤，油桐籽是四角钱一斤。收齐了，就在江边啃了干粮，喝了生水。憋足力气吹圆内胎，便扎柴排顺江漂下。一整天里，柴排上就是他们的家，丈夫坐在排头，妻子坐在排尾，孩子坐在中间。夏天里江水暴溢，大浪滔滔，那柴排可接连三个、四个，一家几口全只穿短裤，一身紫铜色的颜色，在阳光下闪亮，柴排忽上忽下，好一个气派！到了春天，江水平缓，过姚家湾，梁家湾，马家堡，界牌滩，看两岸静峰峭峭，赏山峰林木森森，江心的浪花雪白，崖下的深潭黝黑。遇见浅滩，就跳下水去连推带拉，排下湍流，又手忙脚乱，偶尔排撞在礁石上，将孩子弹落水中，父母并不惊慌，排依然在走，孩子眨眼间冒出水来，又跳上排。到了最平稳之处，轻风徐来，水波不兴，一家人就仰躺排上，看天上水纹一样的云，看地上云纹一样的水，醒悟云和水是一个东西，只是一个有鸟一个有鱼而区别天和地了。每到一湾，湾里都有人家，江边有洗衣的女人，免不了评头论足，唱起野蛮而优美的歌子，惹得江边女子掷石大骂，他们倒乐得快活，从怀里掏出酒来，大声猜拳，有喝到六成七成，自觉高级干部的轿车也未必有柴排平稳，自觉天上神仙也未必有他们自在。每到一个大湾的渡口，那里总停有渡船，无人过渡，船公在那里翻衣捉虱，就喊一声："别让一个溜掉！"满江笑声。月到江心，柴排靠岸，连夜去荆紫关拍卖了，柴是一斤二分，油桐籽五角一斤；三天辛苦，挣得一大把票子，酒也有了，肉也有了，过一个时期"吃饱了，喝胀了"的富豪日子。一等家里又空了，就又逆江进山。他们的口福永远不能受损，他们的力气也是永远使用不竭。精打细算与他们无缘，钱来得快去得快，大起大落的性格，使他们的生活大喜大悲。

陕西人，固有的风格使他们永远处于一种中不溜的地位。勤劳是他们的本分，保守是他们的性格。拙于口才，做生意总是亏本，出远门不习惯，只有小打小闹。对于河南、湖北人的大吃大喝，他们并不眼馋，看见河南、湖北人的大苦大累反倒相讥。他们是真正的安分农民，长年在土圪垃里劳作。土地包产到户后，地里的活一旦做完，油盐酱醋的零花钱来源就靠打些麻绳了。走进每一家，门道里都安有拧绳车子，婆娘们盘腿而坐，一手摇车把，一手加草，一抖一抖的，车轮转的是一个虚的圆团，车轴杆的单股草绳就发疯似的肿大。再就是男子们在院子里开始合绳：十股八股单绳拉直，两边一起上劲，长绳就抖得眼花缭乱，白天里，日光在上边跳，夜晚里，月光在上边碎，然后四股合一条，如长蛇一样扔满了一地。一条绳交给国家收购站，钱是赚不了几分，但他们个个身宽体胖，又年高寿长。河南人、湖北人请教养生之道，回答是：不研究行情，夜里睡得香，心便宽；不心重赚钱，茶饭不好，却吃得及时，便自然体胖。河南、湖北人自然看不上这养生之道，但却极愿意与陕西人相处，因为他们极其厚道，街前街后的树多是他们栽植，道路多是他们修铺，他们注意文化，晚辈里多有高中毕业，能画中堂上的老虎，能写门框上的对联，清夜月下，悠悠有吹箫弹琴的，又是陕西人氏。"宁叫人亏我，不叫我亏人"，因而多少年来，公安人员的摩托车始终未在陕西人家的门前停过。

　　三省人如此不同，但却和谐地统一在这条街上。地域的限制，使他们不可能分裂仇恨，他们各自保持着本省的尊严，但团结友爱却是他们共同的追求。街中的一条溪水，利用起来，在街东头修起闸门，水分三股，三股水打起三个水轮，一是湖北人用来带动轧面机，一是河南人用来带动轧花机，一是陕西人用来带动磨面机。每到夏天傍晚，当街那棵垂柳下就安起一张小桌打扑克，一张桌坐了三省，代表各是两人，轮换交替，围着观看的却是三省的老老少少，当然有输有赢，友谊第一，比赛第二。月月有节，正月十五，二月初二，五月端午，八月中秋，再是腊月初八，大年三十，陕西商店给所有人供应鸡蛋，湖北商店给所有人供应白糖，河南就又是粉条，又是烟酒。票证在这里无用，后门在这里失去环境。即使在"文化大革命"中，各省枪声炮声一片，这条街上也风平浪静：陕西境内一乱，陕西人就跑到湖北境内,湖北境内一乱,湖北人就跑到河南境内。他们各是各的避风港,各是各的保护人。各家妇女,最拿手的是各省的烹调,但又能做三省的饭菜。孩子们地道的是本省语言,却又能精通三省的方言土语。任何一家盖房子,所有人都来"送菜",送菜者,并不仅仅送菜,有肉的拿肉,有酒的提酒,来者对于主人都是帮工,主人对于帮工都待如至客。一间新房便将三省人扭合在一起了。一家姑娘出嫁,三省人来送"汤",一家儿子结婚,新娘子三省沿家磕头作拜。街中有一家陕西人,姓荆,六十三岁,长身长脸,女儿八个,八个女儿三个嫁河南,三个嫁湖北,两个留陕西,人称"三省总督"。老荆五十八岁开始过寿日,寿日时女儿、女婿都来,一家人南腔北调语音不同,酸辣咸甜口味有别,一家热闹,三省快乐。

一条白浪街,成为三省边街,三省的省长他们没有见过,三县的县长也从未到过这里,但他们各自不仅熟知本省,更熟知别省。街上有三份报纸,流传阅读,一家报上登了不正之风的罪恶,秦人骂"瞎髅",楚人骂"操蛋",豫人骂"狗球";一家报上刊了振兴新闻,秦人说"燎",楚人叫"美",豫人喊"中"。山高皇帝远,报纸却使他们离政策近。只是可惜他们很少有戏看,陕西人首先搭起戏班,湖北人也参加,河南人也参加,演秦腔,演豫剧,演汉调。条件差,一把二胡演过《血泪仇》,广告色涂脸演过《梁秋燕》,

以豆腐包披肩演过《智取威虎山》，越闹越大，《于无声处》的现代戏也演，《春草闯堂》的古典戏也演。那戏台就在白浪河边，看的人人山人海。一时间，演员成了这里头面人物，每每过年，这里兴送对联，大家联合给演员家送对联，送的人庄重，被送的人更珍贵，对联就一直保存一年，完好无缺。那戏台两边的对联，字字斗般大小，先是以红纸贴成，后就以红漆直接在门框上书写，一边是"丹江有船三日过五县"，一边是"白浪无波一石踏三省"，横额是"天时地利人和"。

五味巷

长安城内有一条巷：北边为头，南边为尾，千百米长短；五丈一棵小柳，十丈一棵大柳。那柳都长得老高，一直突出两层木楼，巷面就全阴了，如进了深谷峡底；天只剩下一带，又尽被柳条割成一道儿的，一溜儿的。路灯就藏在树中，远看隐隐约约，羞涩像云中半露的明月，近看光芒成束，乍长乍短在绿缝里激射。在巷头一抬脚起步，巷尾就有了响动，背着灯往巷里走，身影比人长，越走越长，人还在半巷，身影已到巷尾去了。巷中并无别的建筑，一堵侧墙下，孤零零站一杆铁管，安有龙头，那便是水站了。水站常常断水，家家少不了备有水瓮、水桶、水盆儿，水站来了水,一个才会说话的孩子喊一声"水来了",全巷便被调动起来。缺水时节,地震时期,巷里是一个神经,每一个人都可以当将军。买高档商品,是要去西大街、南大街,但生活日用,却极方便:巷北口就有了四间门面,一间卖醋,一间卖椒,一间卖盐,一间卖碱;巷南口又有一大铺,专售甘蔗,最受孩子喜爱,每天门口拥集很多,来了就赶,赶了又来。巷本无名,借得巷头巷尾酸辣苦咸甜,便"五味,五味",从此命名叫开了。

这巷子,离大街是最远的了,车从未从这里路过,或许就最保守着古老,也因保守的成分最多,便一直未被人注意过,改造过。但居民却看重这地方,住户越来越多,门窗越安越稠。东边木楼,从北向南,一百二十户,西边木楼,从南向北,一百零三户。门上窗上,挂竹帘的,吊门帘的,搭凉棚的,遮雨布的,一入巷口,各人一眼就可以看见自己门窗的标志。楼下的房子,没有一间不阴暗,楼上的房子,没有一间不裂缝;白天人人在巷里忙活,夜里就到每一个门窗去,门窗杂乱无章,却谁也不曾走错过。房间里,布幔拉开三道,三代界线划开;一张木床,妻子,儿子,香甜了一个家庭,屋外再吵再闹,也彻夜酣眠不醒了。

城内大街是少栽柳的,这巷里柳就觉得稀奇。冬天过去,春天几时到来,城里没有山河草林,唯有这巷子最知道。忽有一日,从远远的地方向巷中一望,一巷迷迷的黄绿,忍不住叫一声:"春来了!"巷里人倒觉得来得突然,近看那柳枝,却不见一片绿叶,以为是迷了眼儿。再从远处看,那黄黄的,绿绿的,又弥漫在巷中。这奇观曾惹得好多人来,看了就叹,叹了就折,巷中人就有了制度:君子动眼不动手。只有远道的客人难得来了,才折一枝二枝送去瓶插。瓶要瓷瓶,水要净水,在茶桌几案上置了,一夜便皮儿全绿,一天便嫩芽暴绽,三天吐出几片绿叶,一直可以长出五指长短,不肯脱落,娟秀如美人的长眉。

到了夏日,柳树全挂了叶子,枝条柔软修长如长发,数十缕一撮,数十撮一道,在空中吊了绿帘,巷面上看不见楼上窗,楼窗里却看得清巷道人。只是天愈来愈热,家家门窗对门窗,火炉对火炉,巷里热气散不出去,人就全到了巷道。天一擦黑,男的一律裤头,女的一律裙子,老人孩子无顾忌,便赤着上身,将那竹床、竹椅、竹席、竹凳巷道两边摆严,用水哗地泼了,侧身躺着卧着上去,茶一碗一碗喝,扇一时一刻摇,旁边还放盆凉水,一刻钟去擦一次。有月,白花花一片,无月,烟火头点点,一直到了夜阑,打鼾的,低谈的,坐的,躺的,横七竖八,如到了青岛的海滩。

若是秋天,这里便最潮湿,砖块铺成的路面上,人脚踏出坑凹,每一个砖缝都长出野草,又长不出砖面,就嵌满了砖缝,自然分出一块一块的绿的方格儿。房基都很潮,外面的砖墙上印着返潮后一片一片的白渍,内屋脚地,湿湿虫繁生，半夜小解一拉灯，满地湿湿虫乱跑，使人毛骨悚然，正待要捉，却霎时无影。难得地却有了鸣叫的蛐蛐，水泥大楼上，柏油街道上都有着蛐蛐，这砖缝、木隙里却是它们的家园。孩子们喜爱，大人也不去捕杀，夜里懒散地坐在家中，倒听出一种生命之歌，欢乐之歌。三天，五天，秋雨就落一场，风一起，一巷乓乓乓乓，门窗皆响，索索瑟瑟，枯叶乱飞。雨丝接着斜斜下来，和柳丝一同飘落，一会拂到东边窗下，一会拂到西边窗下。末了，雨戛然而止，太阳又出来，复照玻璃窗上，这儿一闪，那儿一亮，两边人家的动静，各自又对映在玻璃上，如演电影，自有了天然之趣。

孩子们是最盼着冬天的了。天上下了雪，在楼上窗口伸手一抓，便抓回几朵雪花，六角形的，十分好看，凑近鼻子闻闻有没有香气，却倏忽就没了。等雪在柳树上积得厚厚的了，看见有相识的打下边过，动手一扯那柳枝，雪块就哗地砸下，并不生疼，却吃一大惊，楼上楼下就乐得大呼小叫。逢着一个好日子，家家就忙着打水洗衣，木盆都放在门口，女的揉，男的投，花花彩彩的衣服全在楼窗前用竹竿挑起，层层叠叠，如办展销。风翻动处，常露出姑娘俊俏俏白脸，立即又不见了，唱几句细声细气的电影插曲，逗起过路人好多遐想。偶尔就又有顽童恶作剧，手握一小圆镜，对巷下人一照，看时，头儿早缩了，在木楼里咻咻痴笑。

这里每一个家里，都在体现着矛盾的统一：人都肥胖，而楼梯皆瘦,两个人不能并排,提水桶必须双手在前;房间都小,而立柜皆大,向高空发展,乱七八糟东西一股脑全塞进去;工资都少,而开销皆多,上养老,下育小,一个钱顶两个钱花,自由市场的鲜菜吃不起,只好跑远道去国营菜场排队;地位都低,而心性皆高,家家看重孩子学习,巷内有一位老教师,人人器重。当然没有高干、中干住在这里,小车不会来的,也就从不见交通警察,也不见一次戒严。他们在外从不管教别人,在家也不受人教管:夫妻平等,男回来早男做饭,女回来早女做饭。他们也谈论别人住水泥楼上的单元,但末了就数说那单元房住了憋气:一进房,门砰地关了,一座楼分成几十个世界。也谈论那些后有后院,前有篱笆花园的人家,但末了就又数说那平房住不惯:邻人相见,而不能相逾。他们害怕那种隔离,就越发维护着亲近,有生人找一家,家家都说得清楚:走哪个门,上哪个梯,拐哪个角,穿哪个廊。谁家娶媳妇,鞭炮一响,两边楼上楼下伸头去看,乐事的剪一把彩纸屑,撒下新郎新娘一头喜,夜里去看闹新房,吃一颗喜糖,说十句吉祥。谁说不出谁家大人的小名,谁家小孩的脾性呢?

他们没有两家是乡党的,汉、回、满,各种风俗。也没有说一种方言的,北京、上海、河南、陕西,南腔北调。人最杂,语言丰富,孩子从小就会说几种话,各家都会炒几种风味菜,除了外国人,哪儿来的人都能交谈,哪儿来的剧团都要去看。坐在巷中,眼不能看四方,耳却能听八面,城内哪个商场办展销,哪个工厂办技术夜校,哪个书店卖高考复习资料,只要一家知道,家家便知道。北京开了什么会,他们要议论,某个球队出国得了冠军,他们要欢呼,哪个干部搞走私,他们要咒骂。议完了,笑完了,咒完了,就各自回家去安排各家的事情,因为房小钱少,夫妻也有吵的,孩子也有哭的。但一阵雷鸣电闪,立即便风平浪静,妻子依旧是乳,丈夫依旧是水,水乳交融,谁都是谁的俘虏。一个不笑,一个不走,两个笑了,孩子就乐,出来给人说:爸叫妈是冤家,妈叫爸是对头。

早上,是这个巷子最忙的时候。男的去买菜,排了豆腐队,又排萝卜队,女的给孩子穿衣喂奶,去炉子上烧水做饭。一家人匆匆吃了,但收拾打扮却费老长时间:女的头发要油光松软,裤子要线棱不倒,男子要领齐帽端,鞋光袜净,夫妻各自是对方的镜子,一切满意了,一溜一行自行车扛下楼,一声丁零,千声呼应,头尾相接,出巷去了。中午巷中人少,孩子可以隔巷道打羽毛球。黄昏来了,巷中就一派悠闲:老头去喂鸟儿,小伙去养鱼,女人最喜育花。鸟笼就挂满楼窗和柳丫上,鱼缸是放在走廊、台阶上,花盆却苦于没处放,就用铁丝木板在窗外凌空吊一个凉台。这里的姑娘和月季,突然被发现,立即成了长安城内之最,五年之中,姑娘被各剧团吸收了十人,月季被植物园专家参观了五次。

就是这么个巷子,开始有了声名,参观者愈来愈多了。一九八一年冬,我由郊外移居城内,天天上下班,都要路过这巷子,总是带了油盐酱醋瓶,去那巷头四间门面捎带,吃醋椒是酸辣,尝盐碱是咸苦。进了巷口,一直往南走,短短小巷,却用去我好多时间,走一步,看一步,想一步,千缕思绪,万般感想。出了南巷口,见孩子们又拥集在甘蔗铺前啃甘蔗,吃得有滋有味,小孩吃,大人也吃。我便不禁两耳下陷坑,满口生津,走去也买一根,果然水分最多,糖分最浓,且甜味最长。

1982年7月2日记于静虚村

在米脂

走头头的骡子三盏盏的灯,
挂上那铃儿哇哇的声。
白脖子的哈巴朝南咬,
赶牲灵的人儿过来了;
你是我的哥哥你招一招手,
你不是我的哥哥你走你的路。

在米脂县南的杏子村里,黎明的时候,我去河里洗脸,听到有人唱这支小调。一时间,山谷空洞起来,什么声音也不再响动;河水柔柔的更可爱了,如何不能掬得在手;山也不见了分明，生了烟雾，淡淡地化去了，只留下那一抛山脊的弧线。我侧在石头上，醉眼蒙眬，看残星在水里点点，明灭长短的光波。我不知这是谁唱的。三年前，我听过这首小调的唱片，但那是说京腔的人唱的，毕竟是太洋了，后来又在西安大剧院听人唱过，又觉得舒扬有余，神韵不足。如今在这么一个边远的山村，一个欲明未明的清晨，唱起来了，在它适应的空间里，味儿有了，韵儿有了。

歌唱的，是一位村姑。在上岸的柳树根下，她背向而坐；伸手去折一枝柳梢，一片柳叶落在水里，打个旋儿，悠悠地漂下去了。

这是极俏的人，一头淡黄的头发披着，风动便飘忽起来，浮动得似水中的云影，轻而细腻，倏忽要离头而去。耳朵一半埋在发里，一半白得像出了乌云的月亮。她微微地斜着身子，微微地低了头，肩削削的，后背浑圆，一件蓝布衫子，窈窕地显着腰段。她神态温柔、甜美，我不敢弄出一点响动，一任儿让小曲摄了魂去。

这是一首古老的小调，描绘的是一个迷人的童话。可以想象到，有那么一个村子，是陕北极普遍的村子。村后是山，没有一块石头，浑圆得像一个馒头，山上有一二株柳，也是浑圆的，是一个绿绒球。山坡下是一孔一孔窑洞，窑里放着油得光亮的门箱，窑窗上贴着花鸟剪纸，窑门上吊着印花布帘，羊儿在崖畔上啃草，鸡儿在场垴上觅食。从门前小路上下去，一拐一拐，到了河里，河水很清，里边有印着丝纹的石子，有银鳞的小鱼，还有蝌蚪，黑得像眼珠子。少妇们来洗衣，一块石板，是她们一席福地。衣服艳极了，晾在草地上，于是，这条河沟就全照亮了。

有那么一个姑娘，该叫什么名字呢？她是村里佼佼者。父母守她一个，村里人爱她，见过她的人都爱她。她家在大路口开了个饭店，生意兴旺，进店的，为了吃饭，也为着见她。她却最是端庄，清高得很，对谁也不肯一笑。

姑娘有姑娘的意中人，眼波只属于清风，只属于他。他是后山的后生，十八或者二十岁，每天要从这里路过去县上赶脚。进得店来，看见她，粗茶淡饭也香，喝口凉水也甜，常常饥着而来，待会便走，不吃不喝也就饱了。她给他擀面，擀得白纸一张，切面，刀案齐响，下到锅里莲花转，捞到碗里一窝丝。她一回头，他正看她，给她一笑，她想回他个笑，但她却变了脸。他低了头，连脖子都红了，却看见了桌布下她露出的两只鞋尖。她看出他的意思了，却更冷了脸儿，饭端上来，偏不拿筷子。他问；她说："在筷笼，你没长手？"他凉了心，吃得没味，出去了。她得意地笑，终又恨他，骂他"孱头"。

他几天竟不来了，她坐在家里等。等得久了，头也懒得梳，她说："不来了，好！"但却哭了。

天天却听见门外树上的喜鹊叫。她走出来，却是他在用石子打那鸟儿。她愣了,眼泪都流了出来。他瞧着她喜欢,向她走来,她却又上了气:"为什么打鸟?""我恨!""恨鸟儿?""它住在这里。""那碍你什么了?""也恨我。""恨你?""恨我不是鸟儿!"她想了想,突然笑了。他一看她,她立即面壁不语。他向她走近来,她却又走了,一直走到窑里。只想他会一挑帘儿进来,回头一看,他没有进来,走出窑看时,他却走了,边走边抹着眼泪。

她盼他再来。再盼他来。他却再也没来。每天赶脚人从门口来往,三头五头的骡子,头上缠着红绸,绸上系着铜铃,铜铃一响,她出门就看,骡子身上架着竹筐,一边是小米、南瓜、土豆,一边是土布、羊皮、麻线,他领头前边走,乜她一眼,鞭儿甩得叭叭地响,走过去了。

一次,两次,眼睁睁看他过去了,她恨自己委屈了他,又更恨那个他!夜里拿被子堆一个他,指着又骂又捶又咬,末了抱住流眼泪。等着他又路过了,她看着他的身影,又急切切盼着他能回过头来,向她招一招手……

小调停了,我却叹息起来,千般万般儿猜想,那后生是招了招手呢,还是在走他的路?一抬头,却见岸那边走来一个年轻人,白生生赶了一群羊,正向那唱小调的村姑摇手。村姑走了过去,双双走到了岩那边的洼地,坐在深深的茅草丛中去了。茅草在动着,羊鞭插在那里,是他们的卫兵。

我悄悄退走了，明白这边远的米脂，这贫瘠的山沟，仍然是纯朴爱情的乐土，是农家自有其乐的地方。

1981年10月8日于静虚村

清涧的石板

　　车在陕北高原上颠簸，旅人已经十分地有懒意了。从车窗里乜眼儿看去，两边尽是黄褐色的土峁，扑沓一堆的样子，又一个不连贯一个；顶上被开垦了，中腰修了梯田：活脱脱的秃头皱额老人呢。先还觉得有趣，慢慢便十分无聊，车上人差不多都闭上眼睛，昏昏欲睡去了。

　　但是，突然睁开眼来，却发现有了异样：山峁不再是重重暮气的老人了，它已经站起来，峭峭地有了崖，草木极盛；再往远看，山势一时生动，合时主峰兀现，开时脉络分明；随之便也听见了哗哗声，似流水，又不见水。车再往前开，便发现路正在石川里，石是青峥峥的，却并不浑然，分明看得见是一层一层叠压起来的,石川几米来宽,中间裂一窄缝,哗哗声便显得更大了。司机停下车来,说要给机器加水,提了桶下去,往那石缝里一跃一跳,立即就不见了。旅人都好奇起来,下车近去,原来河就在石缝里边,水流颇大,竟在里边拐来捣去,淘出四五尺宽的穴窟、渊潭;石岸更有了层次,越发杂乱;水是清极亮极的,看得见有一种鱼样的东西就趴在水下的石上,静静的,如何都不曾冲去。

有人叫道:这便到了清涧县了。

陕北高原上,黄褐色的土里,突然有了青的石层,这便使人耳目一新,又有这么一道清水,立即就活泼泼地叫人爱怜了。

车继续往前走,石川越发幽深,常常转弯抹角,便闪出一个开阔地来。村庄也多起来了,全簇在山根,身后的石层,一道一道脉络,舒长而起伏,像是海的曲线,沉浮着山村人家。人家都是窑洞,却不是凿的土窑,也不是拱的砖窑,全然用着石板,那窑墙满是碎片立砌,一层斜左,一层斜右,像针织着的花纹,窑檐一摆儿用石板压起,如帽檐一般好看。间或就有了房子,房瓦是石板相接。有一人家正在修筑屋顶,房上站满了人,旁边的斜梯架上,匠人赤膀子背着石板,一步一挪,一步一挪;太阳在膀子上闪着油光,在石板上泛着青光,终于站在房上了,弓着腰,石板朝上,云幕的衬托下,像是背着一块青天。

河岸上，有人在叮叮当当凿着，然后是举着钢钎，弯着身子，努力地撬动，咯咯噌噌的脆响，是分木裂帛的声音，一页页石板揭了起来，小的桌面大，大的席片小。装在毛驴车上被拉走了，老头仰八叉睡在石板上吸烟，小儿却坐在车辕杆上赶驴，驴是不消赶的，他只是在车帮上吊一串小石板，用木棍敲着，叮叮当当，音亮而韵远。

旅人们再也不觉寂寞了，眉飞色舞，感叹起这天地造物的奇妙了：如果整个陕北是个秃头皱额的老人，这里该就是个灵光秀气的女子了，如果黄土高原是件光面羊皮大袄，清涧该是大袄上的一枚晶亮的玉扣了。清涧，是黄水的沉淀，是黄土的结晶，它是为着旅人的性情而形成的，还是为着改变黄土高原的概念而存在呢？

傍晚到了县城。县城不大，却依半山而筑，黑黝黝的一圈城墙，一色石板堆成，使人沉重而隐隐逼迫着一股寒气。走进城街，街巷极窄，两边建筑皆是石板所筑，虽然这里一天前才下过雨，路却无尘无泥。有人从小巷深处走来，满巷一片响声，放开喉咙歌唱一阵，音嗡嗡而有韵，久久不散。市民衣着华丽，习俗却还古旧，家家老小在门前石板桌前坐了喝茶，或是在石板棋盘上对弈。虽有自来水，女子们不愿在家洗涤，全抱了衣服在城边的河里，赤脚下水，在那青石板上擂着棒槌。

天黑下来了，旅人并没有睡意，依然在街上溜达，去量量城墙上石板的尺寸,去摸摸街面上石板的光滑。末了,长久地看着夜空,作一个遐想:夜空青蓝蓝的,那也是一张大石板吗,那星星就是石板上的银钉吗?

天明起来,旅人们兴趣毫无减退,打问着石板的趣闻。旁人建议到城外乡村里走走吧。到了乡村,几乎就都要惊呼不已了,觉得到了一个神话的世界。那一切建筑,似乎从来没有砖和瓦的概念:墙是石板砌的,顶是石板盖的,门框是石板拱的,窗台是石板压的,那厕所,那台阶,那院地,那篱笆,全是石板的。走进任何一家去,炕面是石板的,灶台是石板的,桌子是石板的,凳子是石板的,柜子是石板的,锅盖是石板的,炕围是石板的。色也多彩,青,黄,绿,蓝,紫。主人都极诚恳,忙招呼在门前的树下,那树下就有一张支起的石板,用一桶凉水泼了,坐上去,透心地凉快。主妇就又抱出西瓜来,刀在石板磨石上磨了,嚓地切开,籽是黑籽,瓤是沙瓤。正吃着,便见孩子们从学校回来了,个个背一个书包,书包上系一片小薄石板,那是他们写字的黑板。一见有了生人,忽地跑开,兀自去一边玩起乒乓球。球案纯是一张石板,抽、杀、推、挡,球起球落,声声如珠落入玉盘。

终于在一所石板房里,遇见了一个石匠。老人已经六十二岁了,留半头白发,向后梳着,戴一副硬脚圆片镜,正眯了眼在那里刻一面石碑。碑面光腻,字迹凝重,每刻一刀,眉眼一凑,皱纹就爬满了鼻梁。我们攀谈起来,老人话短而气硬。他说,天下的石板,要数清涧,早年这个村里,土地缺贵,十家养不起一头牛,一家却出几个好石匠,打石板为生,卖石板吃饭,亏得这石板一层一层揭不尽,养活了一代一代清涧人。为了纪念这石板的功劳,他们祖传下来的待客的油旋,也就仿制成石板的模样,那么一层一层的,好吃耐看。他说,当年陕北闹红,这个村的石匠都当了红军,出没在石板沟,用石板做石雷,用石板烙面饼,硬是没被敌人消灭,却沉重地打击了敌人。他说,他的叔父,一个游击队的政委,不幸被敌人抓去,受尽了酷刑,不肯屈服,被敌人杀了头,挂在县城的石板城门上,使他们又连夜攻城,取下头颅,以石匠最体面的葬礼,做了一口石板棺材掩埋了。结果,游击队并没有垮掉,反倒又一批石匠参加了游击队……

老人说着,慷慨而激奋,末了就又低头刻起碑文了,那一笔一画,入石三分。旅人都哑然了,觉得老人的话,像碑文一样刻在心上,他们不再是一种入了异境的好奇,而是如走进佛殿一般的虔诚,读哲学大典一般的庄重,静静地作各人的思索了,问起这里的生活,问起这里的风俗,末了,最感兴趣的是这里的人。

"到山上走走吧,你们会得到答案的。"老人指着河对面的山上说。

走到山上,什么也没有,却是一片墓地。每一个墓前不论大小新旧，出奇地都立着一块石板——一面刻字的石碑，形成一片石板林。近前看看，有死于战争时期的，有死于建设岁月的，每一块碑上，都有着生平。旅人们面对着这一面面碑的石板，慢慢领悟了老人的话：是的，清涧的人，民性就是强硬，他们活着的时候，是一面朴实无华的石板，锤錾下去，会冒出一串火花，他们死去了，石板却又要在墓前竖起来。他们或许是个将领，或许是个士兵，或许是个农民，或许是个村儒，但他们的碑子却冲地而起，直指天空，那是性格的象征，力量的象征，不屈的象征。

走三边

往陕北远行，三千里路，云升云降，月圆月缺，旅途是辛苦的。过了金锁关，山便显得愈小，羊便见得更多，风头一日似比一日强硬，一日似比一日的思亲情绪全然涌上心头了。当黄昏里，一个人独独地走在沟壑梁上，东来西往的风扯锯般地吹，当月在中天，只身儿卧在小店床上，听柴扉外蛐蛐儿忽鸣忽噤，便要翻那本边塞古诗，以为知音，是体会得最深最深的了。但我仍继续北上。三边，这是个多么逗人情思的神秘的地方啊。我知道，愈是好地方，愈是不容易去得，愈是去的人少了，愈值得去一趟呢。

穿过延安，车进入榆林地区，两天里，在沟底里钻，七拐八拐的，光看见那黄天冷漠，黄原发呆，车像是一只小爬虫儿，似乎永远也不可能钻出这黄的颜色了。第三天，偶尔看见山头上有了树，是绿的，或者是黄的，或者是红的，高高地衬在云天，像天地间突然涌出了一轮太阳，像战地上蓦地打起了一发信号弹，猜想水土异地，三边该是到了？但车又走了半天，还不肯停。杨树倒是多起来，陕南的杨树长在河边，这里的杨树却高高在上，这便称奇。九月天里，树叶全都泛黄，黄得又不纯，透了红的，属黄红，透了绿的，属黄绿，天生的颜色，天工的浓淡，这又是奇了。且那山的幅度明显大起来，沟却深极深极，三两步的宽窄，一直二十丈三十丈地下去，底里就是一指宽的水条子，亮亮的。路边偶尔就有人家了，独户一院，三户一簇，前墙单薄，山墙单薄，顶上微斜，不砖不瓦，用泥抹了，活脱脱一个个放大的火柴匣子呢。路边的土壁，用镢头一下下挖成，表面再凿成鱼鳞状的纹，"人"字形的纹，全然发黑，纹里生苔，千年万年而不倒了。有村子就有饭店，除了羊肉还是羊肉，常瞧见有人捧着一个煮熟的羊头，啃得嘴上是油，脸上是油。老头子披了羊皮袄袄，摇摇晃晃，提一副羊肠子，沿沟畔下到河边去洗，三四丈长的下水玩意儿在胳膊上像框线一样打着结。五只六只的肥狗竟无聊得围了车子撒欢，汪汪叫，四山一片空音。

　　三边还没到吗？山头变得更小了，也更矮了，末了就缓缓平伏了，像瘫了软了下去。几天几夜的山的压抑，使人几乎缩小了许多，猛一出山，车在路上快得蹦跶，人在车上也乐得蹦跶，但很快风大起来，沾身就起一层鸡皮疙瘩。这是个什么地方呢？这么开阔，天看不到边，地看不到沿，一满黄沙；这儿，那儿，起落着无数的小洼小包，可以说是哗啦铺下的一张大毯，并未实确，似乎往包上踩踩，包就下去，洼就起来了。草很少，树更没有，天和地是一个颜色，并行向前延伸着，是两张黏合的胶布，车的行驶才将它们分开。路端端的，却软得厉害，风一过，就蹿一条尘烟，远远看去，如燃起了一条长长的导火索。只是风沙旋转着往车上打，关了车窗，仍听见沙石在玻璃上叮叮咣咣作响。

到了定边，天已擦黑，城外三里，便进了绿的世界，要不是赶驴人提醒，谁能想到这不是树林子而是县城呢？于是得知，在这三边，有一丛树，便有一户人家，有一片树，便是一个村庄，有一座树林，就该是镇子或者县城了：原来天和地平行，树和人同长，这便是三边的特点了。林子里的路，已铺了柏油，无风无沙，落叶满地，在路边的沙窝子里积着堆儿，扫柴人一抓一把，动作犹如舞蹈。两边渐渐有了屋舍，虽也是火柴匣子的形状，但毕竟清洁可爱，门窗直对屋顶，更为讲究，格棂漆蓝，贴纸黄、红、绿、白，上有窗花，飞禽走兽，花鸟虫鱼，千姿百态。窗子是房子的眼，透眼一看，主人的家景，主人的心境便楚楚了然了。街道出奇地宽，家家院落大得能做球场，这使善于拥挤的大城市的人如何能想象。假设有盲人来到这里，用不着探路棍儿，也不会撞了壁的。从街面往每一条巷道望去，青瓦瓦一色，再一留神，才发现全县城每一块地面，沙土全不裸露，一律被青砖铺了。正是这些有根系之树，这些有重量之砖，才在沙原上镇守住了这个县城吗？街上路灯已亮，人走动得极多，几天来很少见到人影，原来人都集中到这儿了吧。男人差不多都戴了卫生帽，脸是黑的，帽是白的，黑白反衬；女人却全束着长发，瘦脸光洁，发是黑的，脸是白的，也是黑白反衬。似乎这里一切都十分安逸、平静，外地人一来，立即就被所有人发觉了，女人们全要妩媚而大胆地瞅着，在灯影下指指点点地议论，你刚一注意，便噤了口舌，才一掉头，就又戛然大笑。茫茫边塞，漠漠沙原，竟有这么个城，城里有城墙，有门洞，有钟楼，有鼓楼，城里的人又水色，又风雅，爽而不野，媚而不俗，一时使外人如进了天上仙地，温柔之乡，竟忘了去投宿，也不卸行囊，便沿街乐而漫游了。

走到十字街心，人头攒涌，路塞而不能前行，原来一家戏院正散了戏。问声："什么戏？"答曰："秦腔。"一句秦腔，备感亲切，一时大梦初醒，才知这里并非异地，走来走去，还在陕西。我有一癖性，大凡到了一地，总喜欢听听本地戏文，因为本地戏剧最易于表现当地风土人情。但听听别的戏文，仅仅是了解罢了，秦腔却使我立即缩短了陌地陌人的距离。便当街立着,与他人攀谈,三边人竟男音雄而有禅,女音秀而有骨,三言两语,熟若知己。说话间,见无数只狗沿街窜钻,吓得不敢走动,旁有解释说:这里家家养狗,体肥性凶,但一般却不伤人;晚上主人看戏,狗尾随而来,故街上到处可见了。

我先到西南郊的白于山区去,河流下切的河槽上,陡崖上,砂岩露出,这便是整个三边出石头的地方了。除此以外,到处是黄土,黄土,除了黄土还是黄土。站在沟壑处,便见山峰连续,站在坡上,却原来一切都被洪水切裂了,一眼望去,浑圆的丘峰,混混的,沌沌的,重叠交错。千沟万壑又显得支离破碎,分割成一小块一小块的地面,这便是有了涧、川、塬、梁、峁、岔、坪、台吗?正是这残存的塬、台、梁上,高粱火红,糜子金黄。此时正逢收获,可惜这里不比关中平原,庄稼茂密如森林,农民是跑着收割,收一把,夹在肘下,跑一垄,肘下夹一捆,广种薄收,偌大一块地,末了在地中只堆起五堆六堆,这便是好年景了呢。再往南走,那山更有了特点,多是土山戴沙,其气脉从沙迹而来,势颇平缓,亦有负石而出的,其势则峻急了。但那石头已不是坚硬的青色,而是赭褐,脚踢便松散,像未烧熟的砖坯。那人家就沿沟而居,陶室穴处,或在石崖、河底凿出石板架屋代瓦。衣裤穿那羊皮,烧柴山上砍蒿,饮水却到崖畔上去,那里是一个一个小窟,小如灯盏一般,水自盏出,渊渊声如鼓,水虽不大,聚潭清澈可见底,味甘纯如露,最宜于烹茶,冬饮能暖肚,夏喝而祛暑。更有趣的是山壁上多有打儿窝:窝小小的,高高在上,立崖下往上丢石,石进之求子辄应。我在那里住了一夜,主人十分好客,做了荞面疙瘩,熬了羊肉腥汤,彻夜一家老少盘脚坐炕,喝酒儿,唱曲儿。天明要走,特去那打儿窝丢石,可连丢五次未中,主人倒很难堪,不住地替我安慰,我虽求儿不至,但以此而乐,已是十二分的满足了。告别主人回返,行至十里,正是腹饥口渴,忽听哪儿有唢呐,声声远韵。循声寻去,沟洼有人家娶亲,新人正拜堂,院中十二支唢呐吹天吹地。见我路过,一哇声喊着,邀到上席,说是省城客人,正好添喜,于是主人敬酒,新郎敬酒,新娘敬酒,每敬必三杯,杯杯底干。

走了丘壑地,又上牧草滩。这里比不得前日的艰辛,一马平川,便租得自行车,终日走乡串村落得自在。早上,草原日出,比海上日出更为可观,直奔红日驶去,偶一侧头,便见蜿蜒长城,长城那边沙丘连绵,免不了感叹:难得一道长城,昔日挡敌寇,今日拒风沙。间或还会遇见一些河流的,但都可怜见的,流程短,又愈流愈小,末了就积水于穴洼,不涸者为湖,涸了的为坑。车上稍走个神儿,就骑进草里,车倒了,人也倒了,软软的,不疼。站起来,草没了膝盖,远远看着有了羊群,白云似的飘,却忽然不见了,等到风起,草木倒伏,那羊群又复出现。羊是百十头,头羊领着，时而散开，时而集中。我觉得好玩，便去捉那长角头羊要玩，只说羊是世上最温顺的动物，没想竟发怒起来，直向我抵。牧童叫要就地睡倒，我照办了，那头羊倒以为我已死，便昂首得意而去。问牧童：这里的羊这么凶恶？他冲我一笑，只是领我又走了一段，遇见另一群羊，一声吆喝，两群羊就肃然对阵，头羊出场，怒目而视，良久，几乎同时各自后退十多米远，猛地冲去，砰，两头相撞，角也折了，皮也破了，仍争斗不已。我不禁胆战心惊，庆幸刚才装死，要不哪是羊的对手呢？这么得了教训，再遇见羊，不敢妄动。但有一日，又看见好大两群羊在那里啃草，却不见牧羊人。正要呼叫，远远飘来嘻嘻笑声，左右看时，前边的一丛沙柳，无风而摇得厉害，便见有了两个人影，一个蓝衣，一个红衣，相依相偎。我知道这是一对恋人了，爱情最忌外人，就悄然退走，走出二里地，终忍不住回头一望，那少男少女已经分开，各站在白云似的羊群中，招手对笑，接着就对唱起来了：

> 大红果果剥皮皮，
> 大家都说我和你，
> 其实咱们没有那回事，
> 好人担了个赖名誉。

道是无情却有情。爱情是这么热烈,又是这么纯朴。遥想那大城市中的公园,一张石凳紧坐三对恋人,话不敢高说,笑不敢放纵,那情,那景,如何有这里的浪漫情趣呢?我一时激动,使劲蹬动车子,骑到了莽草中的一个平坝子上,坝子上草是浅了,但绿却来得嫩,花也开得艳,实在是一个天然的大足球场,又想起大城市为了办足球场,移土填面,松地植草,原来是那么的可怜而可笑了。越想越乐,车如奔马,似乎觉得自行车前轮如日,后轮如月,威威乎,当当乎,该是世上见识最广、气派最大的人物了。

但是,乐极生悲,天近黄昏,竟迷了方向,又一时风声大作,草木皆伏,我大声呼喊,嘴一张,风便灌满,喊声连自己也听不到。惊恐之际,蓦地远处有了灯光,落魂失魄地赶去,果然有了人家。进去讨了吃喝,一打问,这里竟是盐场。盐场?我反复问了几句,主人讲,这里的盐场可大了,年产几十万吨,况且类似这么大的盐场,三边共有十多处,他们这一带人,人人会捞盐,每年二三月开捞,至八九月止,如今捞盐时令已过,他们就放牧,或是采甘草。说着,就送我一捆甘草,其茎粗,其根长,为我从未见过,嚼之,甜赛甘蔗。其中有一种叫"铁心甘草"的,全株竟是朱红,折之,质坚如木,也还有一种叫"大榔头"的,直径甚至达一寸五分,一株便一斤三两。这一夜真可谓乐极生悲,又否极泰来,虽然未能去看看那盐场,但得了甘草,又得了知识,美哉乐哉。天明要走,主人又杀了羔羊,这羔羊十四五斤,浑身雪白,顺着将毛儿用手一撮,四指不见头,吹吹,其毛根根九道曲弯。这就是中外有名的"二毛皮"了,此等皮毛,以往只听说过,至今见到,爱不释手,实想买一张,又难以开口,但却开了口福,羔羊肉鲜美异常,大海碗的羊肉泡馍馍,一连吃过三碗,生日忘了,命儿忘了,心想,神仙日子也莫过如此了。

在定边待了几日,就新结识了几位伙伴,他们视我如兄弟,主动提出做我的向导,要往北边沙漠里去走走。"一定要去看看,那又是另一个世界呢!"兴趣撩拨,就三人越过了长城,徒步北行。沙地上,行走委实更艰难了,太阳曝晒,阳光反射在地上,白花花的,直刺得眼睛发疼。脚下越走越沉,正应了走一步退半步之说,立时浑身就汗水淋淋。沙丘皆是东西坐向,带状排列,望之如海中浪涛,其波峰波谷,起起伏伏,似有了节奏。每一沙碛,低者三米,高者八米十米不限,沙细如面,掬之便从指缝流漏。沙丘过去,又是成片的盐碱地,树木是不长的,只可怜巴巴生些盐蒿。一棵蒿守住一抔土,渐渐便成了一个小包,均匀得像种的蔬菜。再往后却又是沙丘,但已经植了树:沙柳、红柳、小叶杨、沙枣。生态竟是这么平衡:沙盖了盐碱,树又守住了流沙。

再往沙地深处去,已不知走了多少里,树林子便越发密了。叶子全金黄了,透过金黄色看过去,便看见里边又是白亮亮的沙丘。谁知刚刚走了二十分钟,前边竟是一个不大不小的湖!伙伴们才哄地笑了,笑得诡谲,也笑得得意。便去捡柴舀水,做起野餐来。我兀自到湖边去看,湖水没源无口,我不知这沙地里水是从哪儿来的,又怎么没在沙中漏掉!掬一口尝尝,甘甜清凉,立时腋下津津生风。静观水面,就有了唼喋鱼声,但湖水绿得沉重,终未看见那鱼的模样。倏忽又有了啾啾鸟鸣,才醒悟这一整天来,还未见过鸟影,原来沙地的鸟全快活在水边树丛中了。忽然,那鸟惊起,满天撒了黑点,瞬间无影无踪,才是四只五只鹞子飞来,黑色影子一般地四处出击。我不禁恨起这些鹞子了,怎么到什么地方,有良善,就必然要有了凶恶呢?!一个人再往湖后沙丘上爬去,那里有几株沙枣,枣子成熟,用脚一蹬树,枣子就哗哗落下,并不红的,有沙一样的颜色,吃之,没汁,质如栗子,嚼嚼方酸味隐隐显有了。大多的沙丘已经被固定,圆墩墩的,压了道道沙柳,那沙纹便像女人头上的发罩,均匀地网着。

三天过后,我们又信步走到一个镇落里,这个镇落显得很大,有回民,有汉民,分两片屋舍:一处汉民,建筑分散中但有联络,一处回民,建筑对仗里却见变化。伙伴讲,再往北去不远,还有蒙民哩。汉、回见得多了,蒙民还未见过,我便想改日往北边去,夜里在镇中小学借宿,和一老教师说起蒙民，那老教师原来在那北边干过事，给我一个手抄本，上有关于蒙俗的描述，那上边记载多极，现在依稀记得这么一段：

> 三边地区蒙民，性刚强而心巧，专事畜牧，羊只尚少，马牛最多。当地亦产盐，每三二人驱牛数头，鞍驮其盐，载布帐锅碗往来。昼意干粮，晚就道旁，有水草处卸鞍驮，撑帐支锅，取野薪自炊，其牛纵食原野，人披裘轮卧起，以犬护之，不花一钱。汉民亦效之。

读此书，方知三边地域竟是这么广大，民族竟是这么亲善，在远离省城，更远离京都的边塞，保持了这般宝地，令人有多少感慨啊！但是，就在我们动身去蒙民居住的区域的时候，意外又得到消息：这个镇子在两日之后，便是汉、回、蒙一年一度的盛大交易会，便只好暂时取消北上计划，只好把蒙区访问作成千般儿万般儿美好的想象罢了。

交易会，其场面可谓之热闹，有北京王府井的拥挤，却比王府井更有气势，有上海南京路的嘈杂，却比南京路更疯野。那一排一摆小吃，荞面拉条，豆面丢片，黄米干饭，羊肉粉汤，酸、辣、煎，五味俱全；那菜市上一筐一车，二尺长的白菜，淡黄的萝卜，乌紫的土豆，半人高的青葱，六色尽有；那农具市上的铜的挂铃、铁的镢、钢的锹，叮、咣、铿、锵，七音齐响。还有那骡马市上，千头万头高脚牲口，黄乎乎，黑压压，偌大一片，蒙民在这里最为荣耀，骡马全头戴红缨，脖系铃铛，背披红毡，人声喧嚣，骡马鸣叫，气浪浮动得几里外便可听见。在羊肉市上，近乎一里长的木架上，羊肉整条挂着。更有买卖活羊的，卖主用两只腿夹住羊头，大声与买主议价。汉、回、蒙民都似乎极富有，买肉就买整条，买果就买整筐。末了就都拥进那菜馆酒馆，大块吃肉，大碗喝酒，直要闹到月上中天才散。在酒馆里，几句攀谈，我们便成了极熟的人，兴致高涨，开怀大饮，他们竟有几个人当下醉了。第二天坐车要离开，车已开动，有几个蒙民却挡住了车头，要我下来，我不知何事，倒吓了一跳。他们竟是从怀中掏出一瓶"西凤"，他们不服，特赶来要我喝。我哈哈一笑，感其豪爽，当场喝下两口，他们叫好，称我"朋友"，几番握手，互留地址，方放车通行。

半个月匆匆过去了，临走前两天，正好是阴历八月十五，夜里在长城根下一个村子吃了月饼、香梨，喝了花茶、葡萄酒，看了一阵房东大娘剪的窗花，兴致还未尽，便同房东小儿子一起登长城望高，月光下，沙海泛亮，草原迷离，高高低低的长城，从脚下一头伸向天的东头，一头伸向天的西头，这伟大的建筑，从远古的时候，一坐落在这里，沙再没有埋住，风再没有刮走，它给了沙漠之骨，沙漠也给了它雄壮。如今烽火台没有了狼烟传递，但每一座台下，都住了人家，牛羊互往，亲戚走动。生着，在这沙漠上添着活气；死了，隆起沙堆，又生起一堆绿色。一道长城，是连接千家万户的一条线，流动着不屈不挠的生命和新型的人与人关系的情感。玩到天明，晨曦里看见天地相接的地方，柳树林子长得好茂，那树都是树干粗壮，一人多高，就截了顶，聚出密密的嫩枝，枝形呈圆，叶子全红了，像无数偌大的灯笼高高举着，似乎这天之光明，完全是这些灯笼照耀的。树林子前面，端端一柱白烟长上来了，走近去，是放蜂人燃的。这里还能放蜂，犹如春天里一个童话！相坐攀谈，放蜂人来自江南，年年都来，来数月方去。他说，外人以为三边无色无香，其实那是错了。"你瞧，绿的沙柳，红的盐蒿，粉的牛儿草，白的盐，黄的沙，这三边的土地是最有五颜六色，是最有香有甜的。"尝尝那蜜，果然上品，荔枝蜜没有它香醇，槐花蜜没有它味长。

告辞了放蜂人，突然之间，几天来混混沌沌的思想，沉淀的沉淀了，清亮的清亮了，一时觉得有角度来作我的文章了。往回边走边构思，眼光偏又盯住了一片一片不知名的荆棘，开着丸子一般大的白绒花团，顺枝而上的，如挂纸钱串，就地而生的，又如围起的花环。哦，我明白了，这类花的开放，是对三边荒凉的送葬吗？是对三边的富有和美丽的礼赞吗？天黑回到村子，房东已为我准备好了送别酒菜，菜饱酒足，席上拉起了二胡。二胡的清韵，又勾起了我思亲的幽情，仰望在上明月，不知今夜亲人们如何思念着我，可他们哪会知道今夕我在这里是这么欢乐啊！一时情起，书下一信，告诉说：明日我又要继续往北而去，只盼望什么时候了，我要和我的亲人，更多的朋友能一块再走走三边，那该又是何等美事呢。

1982年10月23日作于三边—西安

说人论世

世上的事,认真不对,不认真更不对,执着不对,一切视作空也不对,平平常常,自自然然,如上山拜佛,见佛像了就磕头,磕了头,佛像还是佛像,你还是你——生活之累就该少下来了。

名　人

　　世事真闹不明白，你忽然浪成了一个名人。起初间是你无意做了一件事，或偶然说了一席话，你的三朋和四友对某一位人说了，正投合某人的情怀，他又说给另一位人，也恰投合，再说给别人去；中国的长舌妇和长舌男并不仅仅热心身边的私事，他们在厕所里也常常争论联合国是一个国家还是一座大楼，于是一传十，十传百，都以自己的情怀加工修改，众口由此成碑。再循环过来，传到你的三朋和四友耳中，他们似乎觉得这出源于他们之口，但又不全是出源于他们，不信，便觉得这么多人都信那就有信的道理，遂也就信。末了又反馈到你。"我真是这样吗?"你怀疑了，向崇尚你的人开始解释,可越解释你越"谦虚",谦虚恰好是名人的风度,你最后不得不考虑,你是没有认识到你的价值吗?"哦,我还真行!"这样,你就完全是名人了。

你现在明白"造就"的厉害吧?你娘生你时她并没有给你起个响亮的名字,血辣辣的孩子堕在草炕,门后的鸡正下了蛋,红着冠嘎嘎直叫,你娘在这叫声中想起一个字做了你的名,这名儿连你在上学时老师一念点名册你就脸红。三年前去游大雁塔,人都在塔身上刻字留名,你呢,一是塔身被刻写得没有地方,二是你也羞于将自己名字刻写上去遭人奚落,但你总得留个名吧,名字就刻写在那个狗熊形的垃圾桶上。可现在,你用不着请客送礼,用不着卧薪尝胆,也用不着脱光衣服跑上大街或拿一颗炸弹当众爆炸,你就出名了。

你成了名人,你的一切都令人们刮目相看,你本来是很丑的,但总有人在你的丑貌里寻出美的部分。比如你的眼睛没有双眼皮,缺乏光彩,总是灰浊,而"单眼皮是人类进化的特征呀",灰浊是你熬夜的结果呀!那些风流女子的眼睛漂亮吗?那么把它剜下来放在桌上谁还能分得清是人目还是猪眼?于是你又有了通宵工作的佳话,甚至还会有那长河中的轮船以你那长夜不熄的窗灯做航标灯的故事。你实在是邋遢,头发乱如茅草,胡子不刮,衣服发皱,但现在你是名人,名人的不修边幅是别一种的潇洒呀!最遗憾的是你个子太矮,若是别人,任何征婚启事都永远没有你"二等残废"

的应征可能，但因为你是名人，相书上不是有破相者大相之说法吗？总之，名人怎么能用一般人的标准去套用呢？你丑而大象无形，你口拙而大音希声，你吝啬而大盈若盅。你不喜食肉，自称"草食动物"，因而素食营养最高的理论产生致使许多人形如饿鬼，你在闷热的夏夜卷席到街道去睡，四周高楼的居民纷纷离楼，传出"要地震了"的噩讯。

你的成名为你增加了灵光，且越来越发挥了社会的作用。住家附近常常闻到狗吠，居委会主任给公安局写信，要求居民签名，你是最后一个签的，但你的名字却排在了第一名。单位所在的那条巷公共厕所坏了，单位起草给公用事业局的报告里，也是以你为第一事例，说你如此的名人，一日十次的大小解，每每手里要提一块砖垫那臭水肆流的地板。你已经有了许多头衔，尤其是名目繁多的学会的顾问，什么会也请你，在主持人提了声调介绍后的一片掌声里你得慌乱地讲几句话。所以你的好友和你开玩笑，一页的来信里总要半页写满你的头衔，称你"名人先生"。更多的是有人生了儿子要你起名，有人丧父，要你题碑文，你的案头上得永远放一本《新华字典》。你的字恶劣不堪，但你的字被裱糊了高悬相当多的人家的正堂上。你根本不会写文章，却有写书的人求你作序（其实你常常只在写书人自写的序文后写上你的手写大名就罢了）。远在千里的你的家乡人，闻讯而来缠你办事，大到来告状来买汽车来调动工作来要超生指标，小到来治鸡眼来要去结识某人来看戏来住旅社来配眼镜，以为你什么人都认识，你一句话值千金，顶一张公文，顶一枚政府图章。你说你不认识这些部门，"可你说出你的名来，天下谁人不识君呢？"

在多少多少人的眼里，你活得多荣光自在，有多少女子恨不能在你结婚前结识你而长生相伴，也有多少女子希望能得到你婚后的一份青睐而终身不嫁相思到老，但是，你给我说，你活得太累，你已经是名第一，人第二。我慢慢是对你的话理解了。你曾经在公共汽车上听见旁边有人正谈论你，立即有一个人拍着腔子说你是他的好得没了反正的朋友，说你酒量如海，小腿腹有一片肉能大颗出汗，所以你大喝而不醉，说你下巴上有一个痣，痣上有三根毛。但你不认识他，他也不认识你，甚至还拍着你的肩头说："你不相信？也难怪，名人的事情你怎么会理解呢？"你去医院看病，划价的是一个美艳的少妇，她看了你的处方单惊叫着你就是名人×××，你说是的。她把头从极小的窗口里探出来看你，看你的脚，看你的头，看得你不知所措。少妇说："你真是名人×××？"你不好意思了，她却以为你心虚，"不可能，名人×××怎么会是你这样呢？他是多高大的块头，风度不凡，出口成章，怎么会是你呢？"你被怀疑是同名同姓或者是冒名顶替，你成了骗子，有了糟践名人形象的罪恶而被愤怒的人群殴打。你只好说："我不是×××，再不敢了！"众人饶了你，吼一声："滚！"你滚了。当你在正式的场合被认定就是名人×××了，你总被许多人围住照相，照了一张又一张，换了一人又一人，你得始终站在那里，你成了风景、道具、装饰物。你记不清你到底照过多少照片，但寄给你的寥寥无几。当你去旅游点看见那些披了彩带的马被男男女女骑上去留影时，你说你先世就是这马变的，这马将来转世，也将会是名人。我亲身经历了一次与你同去一个集会场面，几百人围上去让你签名，你的面前树满了持日记本的手的森林，你的身子随着人的海潮而波动不已，你无法写字，而外边的人还在挤，结果人群大乱，胡抓一气，最后谁也分不清哪个是签名的人了，我急得大叫，害怕你被纸片一样撕碎，幸亏你终于爬出来了，你是从人群的腿缝下爬出来的，一爬出没有再看一眼那一堆还在拥挤拼抢的人就逃去了厕所。也就在那一次，你的西服领口破了，眼镜丢了一条腿儿，扣子少了三颗。

你不止一次地向我抱怨，说你家的茶叶最费，因为来客不断，沏一壶茶喝不了几口，再来人再沏新茶，茶叶十分之八是糟蹋了。烟更是飘雪花似的发散，别人家的排气扇装在厨房，你家却装在会客室，但墙还是被熏黄，花还是被呛死。再敲门你想躺着不开，来客却要守在门口，估摸你总得回家吧，你只好在屋里不能走动，不能咳嗽，索性还是把门打开了。你的自行车很旧，你喜欢骑这样的车子，随地可放，不怕贼偷，可你经过十字路口时被交通警挡住了，他朝你走来，你紧张了，分辩说你没有违反交通规则，交通警却跨地向你行礼，说："×××先生，很荣幸你走我管理的路口！"你一场虚惊，甚至觉得他在恶作剧，但这张脸是那样真诚，他突然看见你的车子而惊叫："你怎么骑这样的车子呢？"立即招手挡住一辆面包车，连人带车把你捎走了。甚至你突然收到法院的传票，不去吧，法律是严酷的，你害怕那警车到来，去吧，犯了什么罪呢，你忐忑不安了。一进法院，接待你的人激动不已，视你为座上客，说："我们想见见你，你是名人，平时我们是不容易见到的，只好用这种办法了，望你原谅！"你原谅了，你能不原谅吗？外边开始在议论你的私事了，包括你的爱人，你的孩子，你的身体状况饮食嗜好作息时间，如此发展，就说到你有了情人，有了除现妻之外的前妻和预备的将来的后妻，这竟使十几年未见面的一位朋友见到你的妻子说起你有多少风流韵事时，诚恳地安慰道："其实这有什么呢，你不必伤心，名人都是这样嘛！"你的妻子哭不得笑不得，无法对他说话。闲话让他说去吧，可闲话一多就成了事实，你托人去街道办事处为孩子办独生子女证，办事员看见了你的大名，为难了，说："哦，是咱们名人的孩子，这孩子长得一定漂亮了！我个人是完全愿意为名人办事的，但计划生育是国策，他和前妻有过孩子，这个虽是续妻生的，却不能算独生子女啊！"你天大的冤枉，只好让单位出证明，说你是名人，可还没有那么快就换了班子呀！

唉，你就这么受名人的荣誉，也就这么受名人的苦处。

可是，又该怎么说呢，你不愿别人以名人对待你，你又毕竟意识到自己是名人而又处处以名人来限制自己。在公众场合，你不敢信口开河，在拥挤的小饭馆里，你不敢端了一碗面条圪蹴在墙角吃。你不能在买菜时与小贩高一声低一声地讨价还价，你不能在街上看见秀色可餐的女子而骑车经过时斜看一眼。社会要的是你的名，你也在为名活着！当你来到有人举办的关于搜集了你的签名和书法的展览馆门口而掏出和别人一样的价钱买门票时，我突然想象到如果有哪一天，有人写了你的传记电影在挑选演员，你如果也去应选，结果会怎样呢？或许导演会看中你的相貌与名人×××相似而选中，可一定会因你演不好名人×××而被导演臭骂一顿轰出摄影棚。

你说，你简直受不了了，"我不要这个名，我要活人！"你甚至想象到有一天你在人头攒涌的场合走着走着，突然身子发生质变，变成泥塑木雕，永远停在那里供人去观赏和礼拜，而你的真人逃走多好！或者更简单，你获得了一件古代传说中的隐身衣……但这毕竟是想象呀，你只有不断地向前来使你不能安静的人说："别把我当名人，我其实一文不值！"

是的，你一文不值，在你和你的妻子的吵闹中她不止十次地这么对你吼过。她知道你是一个多么平凡的人，知道你哪枚牙上有着虫洞，哪只鞋子夹了趾头，还有痔疮，且三个外痔经常磨破，弄得满裤头的腥血，知道你有三天不刷牙的劣习，有吃饭时放屁的毛病。就是这样的一位妻子，你却是那样地感激她，热爱她，你在她的欢笑中撒娇，在她的叹息中计划米面油盐酱醋的开销，在她的唠叨不休的嘟囔中发怒。当每一个夜晚来临，你关了窗子，收了晾着的孩子的尿布，封了火炉，取了便盆，关门熄灯，将帽子大衣鞋子袜子和裤头一齐丢在沙发上然后溜进那个热烘烘的被窝去时，你说，我现在不是名人了，亲爱的……

  草就于1990年3月17日三十八岁生日

关于父子

一个儿子酷像他的父亲,旁人看起来很滑稽,做父亲的就要得意了,世界上有了一个小小的自己的复制品,时时对着欣赏,如镜中的花水中的月,这无疑比仅仅是个儿子自豪得多。我们常遇到这样的事,一个朋友已经去世几十年了,忽一日早上又见着了他,忍不住就呼叫了他的名字,当然知道这是他的儿子,但能不由此而企羡起这一种生生不灭永存于世的境界吗?

做父亲的都希望自己的儿子像蛇在蜕皮一样地始终是自己,但儿子却相当多的愿意蝉在蜕壳时裂变。一个朋友跟我说,他的儿子小时候最高兴的是让他牵了逛大街,现在才读小学三年级，就不愿意同他一块出门了，因为嫌他胖得难看。如果父亲是一个官员或者名人，即使不是官员和名人却模样英俊，虽然不会发生像我的朋友那样的悲剧，但做儿子的绝不会爱自己的父亲，就是爱，爱里亲的成分则少，属的成分要多。

中国的传统里，有"严父慈母"之说，所以在初为人父时可以对任何事情宽容放任，对儿子却一派严厉，少言语，多板脸，动辄就吼叫挥拳，我们在每一个家庭都能听到对儿子以"匪"字来下评语和"小心熟了你的皮"的警告。他们常要把在外边怄的气回家来发泄到儿子身上，如受了领导的压制，挨了同事的排挤，甚至丢了一把钥匙，输了一盘棋。儿子在那时没力气回打，又没多少词汇能骂，经济不独立逃出家去更得饿死，除了承接打骂外唯独是哭，但常常还是不准哭，也就不敢再哭。偶尔对儿子亲热了，原因又多是自己有了什么喜事，要把一个喜事让儿子酝酿扩大成两个喜事。在整个的少年，儿子能随便呼喊国家主席的小名，却不敢悄声说出父亲的大号的，我的邻居名叫"张有余"，他的儿子就从不说出"鱼"来，饭桌上吃鱼就说"吃蛤蟆"，于是小儿骂仗，只要说出对方父亲的名字就算是最恶毒的大骂了。可是，每一个人的经验里，却都在记忆的深处牢记着一次父亲"严打"的历史，耿耿于怀到晚年说出来，仍愤愤不平的。所以在乡下，甚至在目下的城市，儿子从来不愿同父亲待在一起，他们往往是相对无言。我们总是发现父亲对儿子的评定不准，差不多是"呆""痴相"，以至儿子成就了事业甚或成了名人，他还是惊疑不信。

儿子稍稍独立，儿子与父亲的意见就不统一了，愈是与父亲相悖，这儿子就愈是优秀人物。许多史书上已经记载了儿子为了皇位囚禁和弑了父亲的事实，即是一个最贫贱的乡里穷儿子，对父亲于某种利益上也"大逆不道"起来了。我曾在一个山村看见过一个儿子哭父亲丧的场面，他泪水汪洋地哭："大（爸）呀，谁再和你娃争嘴呀？不吃饭咱们是父子，一吃饭咱们就是对头啊！"儿子这么痛哭当然也算个孝子，但他说的哪一句又不是实话呢？

可以说，儿子和父亲的矛盾是从儿子一出世就有了，他首先是父亲的妻子的爱心转移，再就是向你讨吃讨喝以至意见相悖惹你生气，最后又亲手将父亲埋葬。有这样一个笑话，说是一个老父在哄孙子吃奶时竟把媳妇的奶头示范性地吮了一口，儿子大为不满，与老父论理，可见儿子是不让其父的，但老父呢，更有一腔积愤，说："你吮了我老婆三年奶头，我还没寻你事哩，我吮你老婆一口奶头你就凶了？！"古语讲，男当十二替父志，儿子从十二岁起父亲就慢慢衰退了，所以做父亲的从小严打儿子，这恐怕是冥冥之中的一种人之生命本源里的嫉妒意识。若以此推想，女人的伟大就在于从中调和父与子的矛盾了，世界上如果只有大男人和小男人，其实就是凶残的野兽，上帝将女人分为老女人和小女人派下来就是要掌管这些男人的。

只有在儿子开始做了父亲，这父亲才有觉悟对自己的父亲好起来，可以与父亲在一条凳子上坐下，可以跷二郎腿，共同地吸一锅烟，共同拔下巴上的胡须。但是，做父亲的在已经丧失了一个男人在家中的真正权势后，对于儿子的能促膝相谈的态度却很有了几分苦楚，或许明白这如同一个得胜的将军盛情款待一个败将只能显得人家的宽大为怀一样，儿子的恭敬即使出自真诚，父亲在本能的潜意识里仍觉得这是一种耻辱，于是他开始钟爱起孙子了。这种转变皆是不经意的，不易被清醒察觉的，这似乎像北方人阳气重而喜食状若阴器的麦子，南方人阴气盛而喜食形若阳具的大米一样。也不妨走访一下，家有美妻艳女的人家谁个善于经营花卉盆景呢？养猫成癖的男人哪一个又是满意着他的家妻呢？父亲钟爱起了孙子，便与孙子没了辈分，嬉闹无序，孙子可以嘲笑他的爱吃爆豆却没牙咬动的嘴，在厕所比试谁尿得远，自然是爷爷尿湿了鞋而被孙子拔一根胡子来惩罚了。他们同辈人在一块，如同婆婆们在一块数说儿媳一样数说儿子的不是，完全变成了长舌男，只有孙子来，最喜欢的也最能表现亲近的是动手去摸孙子的"小雀雀"。这似乎成了一种习惯，且不说这里边有多少人生的深沉的感慨，失望和向往，但现在一见孩子就要去摸简直是唯一的逗乐了。有时手伸了过去时才发现是个女孩，手忙停住，又不能暴露尴尬窘相，手就从下而上画了一个弧，变成一种理头发的动作，最后摸到了自己的后脑勺上，在这一瞬间感叹自己老了，头发稀落殆尽了。这样的场面，往往使做儿子的感到了悲凉，在孙子不成体统地与爷爷戏谑中就要打发自己的儿子，但父亲却在这一刻里凶如老狼，开始无以复加地骂儿子，把积聚于肚子的所有的不满全要骂出来，直骂个天昏地暗。

但爷爷对孙子无论怎么地好，孙子却是不记恩的。孙子在初为人儿时实在也是贱物，他放着是爷爷的心肝不领情而偏要做父亲的扁桃体，于父亲是多余的一丸肉，又替父亲抵抗着身上的病毒。孙子没有一个永远记着他的爷爷的，由此，有人强调要生男孩能延续家脉的学说就可笑了。试问，谁能记得他的先人是什么模样又叫什么名字呢？最了不得的是四世同堂能知道他的爷爷、老爷爷罢了，那么，既然后人连老老爷爷都不知何人，那老老爷爷的那一辈人一个有男孩传脉，一个没男孩传脉，价值不是一样的吗？话又说回来，要你传种接脉你明白这其中的玄秘吗？这正如吃饭是繁重的活计，不但要吃，吃的要耕要种要收要磨，吃时要咬要嚼要消化要拉泄，要你完成这一系列任务就生一个食之欲给你，生育是繁苦的劳作，要性交要怀胎要生产要养活，要你完成这一系列任务就生一个性之欲给你，原来上帝在造人时玩的是让人占小利吃大亏的伎俩！而生育比吃饭更繁重辛劳，故有了一种欲之快乐后还要再加一种不能断香火的意识，于是，人就这么傻乎乎地自得其乐地繁衍着。唉唉，这话让我该怎么个说呀，还是只说关于父子的话吧。

我说，作为男人的一生，是儿子也是父亲，前半生儿子是父亲的影子，后半生父亲是儿子的影子。前半生儿子对父亲不满，后半生父亲对儿子不满，这如婆婆和媳妇的关系，一代一代的媳妇都在埋怨婆婆，你也是媳妇你也是婆婆你埋怨你自己。我有时想，为什么上帝不让父亲永远是父亲，儿子永远是儿子，人数永远是固定着，儿子那就甘为人儿地永远安分了呢？但上帝偏不这样，一定是认为这样一直不死地下去虽父子没了矛盾而父与父的矛盾就又太多了，所以就要重换一层人，可是人换一层还是不好又换，就反反复复换了下来。那么那么，换来换去还是这么些人了！可不是吗？如果不停生人死人，人死后灵魂据说又不灭，那这个世界里到处该是幽魂了，我们抬脚动手就要撞碰他们或者他们撞碰了我们。不是的，绝不是这样的，一定还是那些有数的人在换着而重新排列罢了。记得有一个理论是说世上的有些东西并不存在着什么优劣，而质量的秘诀全在于秩序排列，石墨和金刚石其构成的分子相同，而排列的秩序不一，质量截然两样。聪明人和蠢笨人之所以聪明蠢笨也在于细胞排列的秩序不同。哦，不是有许多英雄或盗匪在被枪杀时大叫"二十年后又是一个×××"吗？这英雄或盗匪可能是看透了人的玄机的。所以我认为一代一代的人是上帝一次次重新排列了推到世上来的。如果认为那怎么现在比过去人多,也一定是仅仅将原有的人分劈开来,各占性格的一个侧面一个特点罢了,那么你曾经是我的父亲,我的儿子何尝又不会是你,父亲和儿子原是没有什么区别的。明白了这一点多好呀,现时为人父的你还能再专制现时你的儿子吗?现时为人儿的你还能再怨恨现时你的父亲吗?不,不,还是民主、和平、仁爱地活着这一世人的为好,好!

1990年6月30日夜

说花钱

中国传统的文化里，有一路子是善于吹的，如有的中医大夫，如气功师，街头摆摊卜卦的，酒桌上的饮者，路灯下拥簇着的一堆博弈人和观弈人，一分的本事吹成了十二分的能耐，连破棉袄里扪出一颗虱来，也是珍养的，有双眼皮的俊。依我们的经验，凡是太显山露水的，都不足怕，一个小孩子在街上说他是国家领导，由他说去，谁信呢，人不信，鬼也不信。先前的年里，戴口罩很卫生，很文明，许多人脖子上吊着白系儿，口罩却掖在衣服里，就为着露出那白系儿。后来又兴墨镜，也并不戴的，或者高高架在脑门上，或者将一只镜腿儿挂在胸前衣扣上。而现在却是行立坐卧什么也不带的，带"大哥大"，越是人多广众，越是大呼小叫地对讲。——这些都是要显示身份的，显示有钱的，却也暴露了轻薄和贫相。金口玉言的只能是皇帝而不是补了金牙的人，浑身上下皆是名牌服饰的多半不是名门贵族，领兵打仗了大半生的毛泽东主席从不带一刀一枪，亿万富翁大概也不会有个精美的钱夹装在身上。

越不是艺术家的人，其做派越像艺术家；越是没钱的人，越是要作出是有钱的主儿。说句好话，钱是不能说就能证明一切，但也不能说钱就不是一种价值的证明，说难听点，还是怕旁人看不起。过日子的禀性是，过不好，受耻笑，过好了，遭嫉妒。豪华宾馆的门口总竖着牌子写着："衣着不整，不得入内。"所谓不整者，其实是不华丽的衣着，虽然世上有凡人的邋遢是肮脏、名流的邋遢是不修边幅之说，但常常有不修边幅的名流在旁人说出名姓后接待者的脸面方由冷清到生动。于是，那些不失漂亮的女子，精致的手袋里塞满了卫生纸，她们不敢进澡堂，剥了华丽的外套，得缩身捂住破旧不堪的内衣，锃亮的高跟皮鞋不能脱，袜子被脚趾捅出个洞。她们得赶快谈恋爱，谈恋爱了，去花男朋友的钱，或者不结婚，或者结了婚搞婚外恋，傍大款，今天猎住这个，明日瞄准了那位，藤缠树，树有多高，藤有多高。男人们"下海"在水里扑腾，她们"下海"了，在男人的船上。社会越来越发展到以法律和金钱维系，有定数的钱就在世上流通，聚聚散散，来来往往，人就在钱上穷富沉浮。若将每一张钞票当一部小说来读，都有一段传奇的吧。

如果平静地来讲，现在可爱的倒不是那些年轻的女子了，老太太更显得真实、质朴，做小市民有小市民的味：头梳得油光光地去菜市，问过了这一摊位的价格，又去问那一摊位的价格，仰头看天，低首数钱，为一分两分与摊主争吵，要揭发呀要告状呀地瞧摊主的秤星秤锤，剥菜叶子，掐葱根，末了要走了还随手捏去几棵豆芽。年轻的女子在市民里仍有个"小"字，行为做事却要充大。越是小，越怕人说小，如小日本偏自称大日本帝国，一个长江口上的滩城偏要叫作大上海。

依一般的家庭，能花钱的都是女人，女人在家庭有没有地位就看是否掌握花钱的权力，如今的"气管炎"日益增多，使丈夫们越来越多地失去了经济的独立。事实是，真正的男人是不花钱的。日本的一位首相说过，好男人出门在外身上只装十元钱。他有能力去挣钱，挣了钱就让女人去花吧，看着女人去花钱，是把烦琐的家庭日常安排之任交她去完成了。假使女人们将钱花在衣着上、脸面上，那更是男人的快乐，试想，一个人被他人救过命又救过另外人的命，他是从内心深处不愿常见到恩人而企望被救过的那人常出现在他面前的。不管如何地否认和掩饰，今日的社会还是以男人为中心的社会，女人——如张爱玲所说——即使往前奔跑，前面遇到的还是男人。所以，有了自己钱的，做了强人的女人，实指望一切要主动，却一切皆不主动，尤其是爱情。

钱的属性既然是流通的，钱就如人身上的垢痂，人又是泥捏的，洗了生，生了洗。李白说，千金散尽还复来。守财奴全是没钱的。人没钱不行，而有人挣的钱多，有人挣的钱少，表面上似乎是能力的大小，实则是人的品种所致。蚂蚁中有配种的蚁王，有工蚁，也有兵蚁；狗不下蛋，鸡却下蛋，不让鸡下蛋鸡就憋死。百行百业，人生来各归其位，生命是不分贵贱和轻重的。钱对于我们来说，来者不拒，去者不惜，花多花少皆不受累，何况每个人不会穷到没有一分钱（没有一分钱的是死了的人），每个人更不会聚积所有的钱。钱过多了，钱就不属于自己，钱如空气如水，人只长着两个鼻孔一张嘴的。如果这样了，我们就可以笑那些穷得只剩下钱的人；笑那些没钱而猴急的人，就可以心平气和地去完成各自生存的意义了。古人讲"安贫乐道"并不是一种无奈后的放达和贫穷的幽默，"安贫"实在是对钱产生出的浮躁之戒，"乐道"则更是对满园生命的伟大呼唤。

1994年2月18日

说房子

人活在世上需要房子，人死了也需要房子，乡下的要做棺、拱墓，城里的有骨灰盒。其实，人是从泥土里来的，最后又化为泥土，任何形式的房子，生前死后，装什么呢？

有一个字，囚，是人被四周围住了。房子是囚人的，人寻房子，自己把自己囚起来，这有点像投案自首。

过去的地主富农，买房买地，现在一般的农民省吃俭用，第一个建设就是盖房，活着没有盖所房子，好像一个总统没有治理好国家一样，很丢人的。时下的房地产很热，大款们也是广置房产，都要囚，囚了自己，还要让子子孙孙都有囚的地方。

为了房子，人间闹了多少悲剧：因没房女朋友告吹了；三代同室，以帘相隔，夫妻不能早睡，睡下不敢发声，生出性的冷淡和阳痿；单位里，一年盖楼，三年分楼，好同事成了乌眼鸡，差点儿白刀子进，红刀子出，与分房不公的领导鱼死网破。

人为什么都要自个儿寻囚呢？没有可以关了门、掩了窗，与相好谈恋爱的房子，那么到树林子去，在山坡上，在洁净鹅卵石的河滩，上有明月，近有清风，水波不兴，野花幽香，这么好的环境只有放肆了爱才不辜负。可是，没有个房子，哪里都是你的，哪里又岂能是你的？雁过长空无痕，春梦醒来没影，这个世界什么都不属于你，就是这房子里的空间归你。砰地推开，砰地关上，可以在里边四脚拉叉地躺着抽烟，可以伏在沙发上喘息；沏一壶茶品品清寂，没有领导和警察，叱责老婆和孩子。和尚没有家，也还有个庙。

人就是有这么个坏毛病，自由的时候想着囚，囚了又想到自由。现在的官们款们房子有几幢数套，一套里有多厨多厕，却向往没墙没顶的大自然，十天半月就去山地野外游览，穿宽鞋，过草地，吃大锅，放响屁，放浪一下形骸。没房子的，走到公共厕所都在暗暗设计：这房子若归我了，床放在哪儿好，灶安在哪儿好。人都被上帝分配在地球上，地球又有引力，否则，在某个早晨，人都会突然飞掉。

人多多少少都会有点房子的，是一室的或者两室三室的——人什么都不怕，人是怕人，所以用房子隔开，家是一人或数人被房子囚起来。一个村寨有村寨墙，一个城有城墙。人生的日子整齐分割为四季一年，一年十二月，一月三十天，每人每家的居住就如同将一把草药塞进药铺药柜的一个格屉一个格屉里，有门牌号码，以数字固定了——《易经》就是这么研究人的，产生了定数之说。人逃不出为自己规定的数字的。

有了房子，如鸟停在了枝头，即使四处漂泊，即使心还去流浪，那口锅有地方，床有地方，心里吃了秤锤般地实在。因此不论是乡下还是闹市，没有人走错过家门，最要看重的是他家的钥匙。有家就有了私产和私心，以前有些农民出门在外，要拉屎都要憋着跑回去，拉在他家的茅坑里，憋不住的，拉下来也用石头溅飞，不能让别人捡拾去。而工厂的工人，也有人有了每天要带些厂里的幺小零碎回家的瘾，如钳子呀，铁丝呀，钉子呀，实在想不出拿什么了，吃过饭的饭盒里也要装些水泥灰。房间里，随心所欲地布置了，在外做什么职业，在内就表现什么风格，或者在外得不到的，在内就要补上。官人们的座椅大，躺椅长，桌上有两副眼镜，看报纸一副，看人一副，墙上要有大的地图，书架里有领袖的装帧豪华的文集。款人们的房间里英文字母最多，有一个壁橱是供了财神的，通有电光，遥感能发"财源茂盛"之声。想做艺术家的布置出了比艺术家还艺术家的氛围，有完整的盘羊头骨,有偌大的插画轴瓷缸,书不上架堆在桌上,纸烟拆开用烟斗来吸。那些自己做苦工偏要培养儿女做音乐家的,钢琴摆在窗下。病恹恹的,常年卧床的,挂龙泉剑在床头。而实在的人,过平常日子,家具是逐步添办的,色调不一,米袋子同浴盆、凉鞋、舍不得丢的吃过饼干的盒子塞在床下,醋瓶子、蒜瓣和《新华字典》共放于缝纫机面板上,墙上是全家照片镜框和孩子的三好学生奖状,他们今天把桌子移靠窗,明天床又东西向变为南北向,常变要出新,再折腾还是拥挤。

书上写着的是:家是避风港,家是安乐窝。有房子当然不能算家,有妻子儿女却没有房,也不算有家。家是在广大的空间里把自己囚住的一根桩。有趣的是,越是贪恋,越是经营,心灵的空间越小,其对社会的逃避性越大。家真是船能避风吗,有窝就有安与乐吗?人生是烦恼的人生,没做官的有想做做不上的烦恼,做了官有不想做不做不行的烦恼。有牙往往没有锅盔(一种硬饼),有了锅盔又往往没了牙齿。所以,房间如何布置,家庭如何经营都不重要,睡草铺如果能起鼾声,绝对比睡在席梦思沙发床上辗转不眠为好。用不着热羡和嫉妒他人的千般好,用不着哀叹和怨恨自己的万般苦,也用不着耻笑和贱看别人不如自己,生命的快活并不在于穷与富、贵与贱。

奋斗,赚钱,总算有满意的房子了,总算布置得满意了,人囚在家里达到人初衷了吧?人的毛病就来了!人又要冲出这个囚地:"情人"一词越来越公开使用;许多男人都在说,最大的快乐是妻子回了娘家;普遍流行起"能买来床,买不来睡眠,能买来食物,买不来胃口,能买来学位,买不来学问"……蚕是以自吐的丝囚了自己的,蚕又要出来,变个蝴蝶也要出来。人不能圆满,圆满就要缺,求缺着才平安,才持静守神。

世上的事,认真不对,不认真更不对,执着不对,一切视作空也不对,平平常常,自自然然,如上山拜佛,见佛像了就磕头,磕了头,佛像还是佛像,你还是你——生活之累就该少下来了。

说孩子

和女人在一起,最好不提起她的孩子——一个家庭组合十年,爱情就老了,剩下的只是日子,日子里只是孩子,把鸡毛当令箭,不该激动的事激动,别人不夸自家夸——她会全不顾你的厌烦和疲劳,没句号地要说下去。人的心是一辈一辈往下疼的,如摆砖溜儿,一块砖撞倒一块砖,不停地撞下去。我曾经问过许多人,你知道你娘的名字吗?回答是必然的。知道你的奶奶的名字吗?一半人点头。知道你老奶奶的名字吗?几乎无人肯定。我就想,真可怜,人过四代,就不清楚根在何处,世上多少夫妇为"续香火"费了天大周折,实际上是毫无意义!全然地拒绝生育,当然是对人类的不负责任，但除过那些一定要生儿生女，一定要生儿不生女的人外，现代社会里的夫妇要孩子是一种精神的需要，有个乐趣，如饲猫饲狗，或许为了维系家庭。一个女人曾对我说，夫妻是衣服的两片襟，没有孩子就没有纽扣啊。

有了孩子，谁都希望孩子小时候乖，长大了有出息。结婚生育，原来是极自然的事，瓜熟蒂落，草大结籽，现在把生儿育女看得不得了了，照仪器呀，吃保胎药呀，听音乐看画报胎教呀，提前去住医院，羊水未破就呼天喊地，结果十个有八个难产，八个有七个产后无奶。十三年前我在乡下，隔壁的女人有三个孩子，又有了第四个，是从田地里回来坐在灶前烧火，觉得要生了，孩子生在灶前麦草里。待到婴儿啼哭，四邻的老太太赶去，孩子已收拾了在炕上，饭也煮熟。那女人说："这有啥？生娃像大便一样的嘛！"孩子生多了，生一个是养，生两个三个也是养，不见得痴与呆，脑子里进了水。

我长久地生活在北方，最愤慨的是有相当多的人为一个小小的官位尔虞我诈，钩心斗角；到位上了，又腐败无能，敷衍下级，巴结上司，没有起码的谋政道德。后来去南方了几趟，接触了许多官员，他们在位一心想干一番事业，结果也都干得有声有色。究其原因，他们说，不怕丢官，丢了官我就去做生意，收入比现在还强哩！这是体制和社会环境所致。如今对儿女的教育何尝有点不像北方干部对待官职的态度呢？人口越来越多，传统的就业观念又十分严重，做父母的全盼孩子出人头地，就闹出许多畸形的事体来。有人以教孩子背唐诗为荣耀，家有客来，就呼出小儿，一首一首闭了眼睛往下背。但我从没见过小时能背十首唐诗的"神童"长大成了有作为的人。有人省吃俭用地买钢琴呀，买绘画的颜料笔纸呀，用金钱加拳头要培养个音乐家和画家，结果只能培养出一大批挣便宜钱的半通不通的"辅导"。社会是各色人等组成的，是什么神就归什么位，父母生育儿女，生下来、养活到大，施之以正常的教育就完成了责任，而硬要是河不让流，盛方缸里让成方，装圆盆中让成圆，没有不徒劳的。如果人人都是撒切尔夫人，人人都是艺术家，这个世界将是多么可怕！接触这样的大人们多了，就会发现，愈是这般强烈地要培养儿女的人，这人愈是活得平庸。他自己活得没有自信了，就将希望寄托在儿女身上。这行为应该是自私和残酷，是转嫁灾难。试想，你自己都是那样，还苛刻地要求儿女，儿女会怎么看你？儿女的生命是属于儿女的，不必担心没有你的设计儿女就一事无成。相反，生命是不能承受过轻和过重的，教给了他做人的起码道德和奋斗的精神，有正规的学校传授知识和技能，更有社会的大学校传授人生的经验，每一个生命自然而然地会发出自己灿烂的光芒的。

如果是作小说，作家们懂得所谓的情节是人物性格的发展，而活人，性格就是命运。曾经流行过一种测验法，即让你随口说出三个动物来，每个动物又以最少三个词来比喻，第一个动物的比喻词便是你的自我感觉，第二个动物的比喻词是别人对你的看法，第三个动物的比喻词是原来的你。我测过百余人，发觉自我感觉，不管如何变化，总超不出两类，一是良好，如龙，是飞腾的龙，威严的龙，美丽的龙；一是喋喋抱怨，如牛，吃的是草挤出的是奶的牛，一生辛勤的牛，为人耕作的牛。可以说，人是很难认识自己的，这如眼睛看不见眼睛一样。但认识自己，设计自己却是人至关重要的事！天才不是三百年才出现一个两个的，天才是每个人都存在的，关键在于是否发现自己身上的天才。遗憾的是很多很多的人至死没有发现和发展自己的天才，所以，伟大的人物总是少，众生才芸芸。

  我也是一个父亲，我也为我的独生女儿焦虑过，生气过，甚至责骂过；也曾想，我的孩子如果一生下来就有我当时的思维和见解多好啊。为什么我从一学起，好容易学些文化了，我却一天天老起来，我的孩子又要从一学起？！但当我慢慢产生了我的观点后，我不再以我的意志去塑造孩子，只要求她有坚韧不拔的精神，只强调和引导她从小干什么事情都必须有兴趣，譬如：踢沙包，你就尽情地去踢；画图画，你就随心所欲地画。我反对要去做什么"家"，你首先做人，做普通的人。继承了我的秉性，孩子胆小，我的亲戚们让孩子在外要刚硬，谁敢打你你就打他。我说，社会毕竟不是整日打架的社会，学得那么刚硬还像个女孩子吗？小不忍到底要坏大谋的。

我对待儿女的观点，是会被相当多的人反对的，或许将永远落下不称职的父亲的声名。我虽然常常看着小学生、中学生不分昼夜地在书桌前用功，心中充满了悲哀——大人们都在自己的岗位上消极怠工，却把恶果转嫁于孩子——但我也得让女儿去做作业，去复习，去拿回考试的高分。我现在唯一能做到的，是不能忍受一些女人向我讲述她为孩子设想伟大而美丽的前景。她不停地在说，使用着连续的逗号，好不容易出现一个句号了，我得赶紧就说："哎呀，差点忘了，××要我回个电话的！"我得逃避，我终于学会了逃避。

            1994年3月24日

人　病

　　我突然患了肝病，立即像当年的四类分子一样遭到歧视。我的朋友已经很少来串门了，偶尔有不知我患病消息的来，一来又嚷着要吃要喝，行立坐卧狼藉无序，我说，我是患肝炎了，他们那么一呆，接着说："没事的，能传染给我吗？"但饭却不吃了，茶也不喝，抽自己口袋的劣烟，立即拍着脑门叫道："哎哟，瞧我这记性，我还要去××处办一件事的！"我隔窗看见他们下了楼，去公共水龙头下冲洗，一遍又一遍，似乎那双手已成了狼爪，恨不能剁断了去。末了还凑近鼻子闻闻。肝炎病毒是能闻出来的吗？蠢东西！有一位爱请客的熟人，十天半月就要请一次有地位的人，每一次还要拉我去作陪，说是"寒舍生辉"。这丈夫就又邀了我去，妇人当然热情，但我看出了她眉宇间的忧愁，我也知道她的为难了，说，多给我一个碟子一双筷子吧。我用一双筷子把大盘的菜夹到我的小碟里，再用另一双筷子从小碟夹菜送到我口中。我笑着对被请的那位领导说："我现在和你一样了，你平日是一副眼镜，看戏是一副眼镜，批文件又是另一副眼镜。"吃罢了，我叮咛妇人要将我的碗筷蒸煮消毒，妇人说：哪里，哪里。我才出门，却听见一阵瓷的破碎声，接着是撵猫的声，我明白我用过的碗筷全摔破在垃圾筐，那猫在贪吃我的剩菜，为了那猫的安全，猫挨了一脚。这样的刺激使我实在受不了，我开始不大出门，不参加任何集会，不去影院，不乘坐公共汽车。从此，我倒活得极为清静，左邻右舍再不因我的敲门声而难以午休，遇着那些可见可不见的人数米外抱拳一下就敷衍了事了，领导再不让我为未请假的事一次又一次交检讨了，那些长舌妇和长舌男也不用嘴凑在我的耳朵上是是非非了。我遇到任何难缠的人和难缠的事，一句"我患了肝炎"，便是最好的遁词。妻子说："你总是宣讲你的病，让满世界都知道了歧视你吗？"我的理由是，世界上的事，若不让别人尴尬，也不让自己尴尬，最好的办法就是自我作践。比如我长得丑，就从不在女性面前装腔作势，且将五分的丑说到十分的丑，那么丑中倒有它的另一可爱处了。相声艺术里不就是大量运用这种办法吗？见人我说我有肝病,他们防备着我的接触而不伤和气,我被他们防备着接触亦不感到难下台,皆大欢喜,自贱难道不是一种维护自己尊严的妙着儿良方吗?再者,别人问起:你这些年是怎么混的,怎么没有更多的作品出版,怎么没有当个××长,怎么没能出国一趟,怎么阳台上没植花鸟笼里没养鸟,怎么只生个女孩,怎么不会跳舞,没个情人,没一封读者来信是姑娘写的?"我是患了肝炎呀!"一句话就回答了。

但是,人毕竟是群居动物,当我一个人独处的时候,不禁无限地孤独和寂寞。

唯有父亲和母亲、妻子和女儿亲近我,他们没有开除我的家籍。他们越是待我亲近,我越是害怕病毒传染给他们。我与他们分餐,我有我的脸盆、毛巾、碗筷、茶缸,且各有固定的存放处。我只坐我的座椅,我用脚开门关门,我瞄准着马桶的下泄口小便。他们不忍心我这样,我说:这不是个感情问题!我恼怒着要求妻子女儿只能向我作飞吻的动作,每夜烧两盘蚊香,使叮了我血的蚊子不能再去叮我的父母,我却被蚊香熏得头疼。我这样做的时候,我的心在悄悄滴泪,当他们用滚开的热水烫泡我的衣物,用高压锅蒸熏我的餐具,我似乎觉得那烫泡的、蒸熏的是我的一颗灵魂。我成了一个废人了,一个可怕的魔鬼了。

我盼望我的病能很快好起来,可惜几年间吃过了几篓中药、西药,全然无济于事。我笑我自己一生的命运就是写作挣钱，挣了钱就生病吃药，现在真正成了什么都没有就是有病，什么都有就是没钱。我平日是不吃荤的，总是喜食素菜，如今数年里吃药草，倒怀疑有一日要变成牛和羊。说不定前世就是牛羊所变的吧。

我终于要求住进了传染病院。

病院里，我们像囚犯一样要穿病服，要限制行动于一个极小的院子里，虽然那院墙是铁制的栅栏，可以看见外边的人。但看见了外边行人穿得花花绿绿行走，就顿生列入另册的凄凉。我们渴望自由，每天打过吊针之后，就在院子里看红红的太阳，看涌动的云，弄着嘴唇逗引栅栏外树上的小鸟。小鸟却飞走了，落下那一根或两根的羽毛，我们皆如年节的小孩抢拾炮仗一样去争捡个不亦乐乎。这行动被栅栏外的一个孩子瞧着，那小小的眼睛里充满了在动物园看笼中动物的神气，他竟大胆地走近了几步。他的母亲，一个肥胖的女人就喊："走远点，那是传染病！"这话使我潸然泪下，我只有背过身去，默默地注视着院中的一片玫瑰花，和花坛上的一群黑色的蚂蚁。啊，美丽而善良的玫瑰不怕传染，依旧花红如血，勇敢的蚂蚁不怕传染，依旧在为我们表演负重的远距离的运动。这一个夜晚我们皆要等到很晚方回去睡觉，迎接那依旧洁亮的月亮，它随我们到了栅栏里，它不嫌弃。

我们最不喜欢看到的是栅栏角上的那一个蜘蛛网，它好大，状若一个笸篮，为我平生之少见。我们傍晚用竿子挑破它，第二天，它又完好无缺，像一个通了电的铁网，又像是监视我们行动的雷达。我们无可奈何。开始产生了一个恶毒的念头，后悔我们为什么要声张自己是肝炎患者，为什么要来住传染病院？人们在歧视我们，我们何不到人群广众中去，要吃大桌饭，要挤公共汽车，要进影剧院，甚至对着那些歧视者偏去摸他们的手脸，对着他们打哈欠，吐唾沫。那么，我们就是他们中的一员，他们就和我们是一样的人了！

病院中的人都是面色青黄，目光空洞，步履虚弱。看着他们的形象我也知道自己的模样。我们是忌讳用镜子的，但我们对黄色并不反感，黄在中国是皇权的象征，于世界也是流行色。于是我们都显得亲热，在过道上、院子里，谁和谁见了都要点头，微笑也随之绽开，似乎我们有缘分，数十年前就认识似的，互相询问名姓和单位。医生和护士是从不唤我们名姓的，直呼床号。世界上叫号的只有监狱和病院。我先是"+235"，后一个病号出院了，我正式成了"235"。"235！235！"这是在卖饭了，饭勺不挨着我的碗，热汤几次就淋到我的手上。"235！235！"这是护士在送体温表了，她们查看了温度便去我们看得见的地方洗手。我先是极不习惯这种代号，但后来想通了，"贾平凹"不也是一个代号吗？虽然235不是爹妈为我起的名字，可现在满社会不是都在叫

"张书记""李主任""刘主席"吗？我在打吊针的时候，目光一直是看着天花板的，天花板很洁净，而我还是看出了上边的细小的纹路，并且从这纹路上看出了众多的鱼虫山水人物。有人说，天花板是病人的一部看不完的书，这话真对。然后我在琢磨"+235"，想，有个"+"号，这是不吉利的，因为乙肝之所以是乙肝，就是各项指标是阳性，阳性表示出来就是"+"号。待到正式为"235"了，我思索235三位数相加是10，这还好不是个13，但10也是不好，应该是9恰好，围棋的最高段位不就是9吗？中国人是爱好3、6、9的，幸喜有个3字。

在医院的西楼角，也即在厕所的旁边，是有一株古槐的，古槐的树杈上白天常见到卧一个猫头鹰。每到夜里，它就叫了，它一叫，我们都惊慌起来，肯定在第二日，最迟不超过第三日，定要抬出去一个的。这不是迷信，一定是猫头鹰闻着了欲亡人的气味在鸣叫。大家都走出来，默默地目注着一个裹着床单的躯体去太平间。他永远太平无烦恼苦痛了。他的毛巾、牙具被拿出来放在窗台，他的母亲或者他的妻子在地上滚着哭。那条床单也折价永远归了他。他或许不忍心家属的啼哭，或许满意这床单的便宜，或许在向我们作别，这时候，有许多苍蝇在嗡嗡飞，哪一只是他的灵魂所变呢？我们无声地祈祷他灵魂安妥，却不愿有苍蝇落在我们身上。从此，我们皆害怕猫头鹰，但我们没有一个人敢诅咒它，更没有人动手去打杀它，甚至连这么个念头都不曾有。当一日数次去厕所经过古槐下，都不自觉地往树杈上看看，那是惊慌的一看，也是盼望的一看，我们在心中默默地向它祈祷，企望它能饶恕了自己。我至此方明白了人人恨阎王却还要给他修庙塑像称他是阎王爷的原因，而猫头鹰也该是称作爷的，也该是有庙和塑像的。人怕什么，又奈何不了，人就想着法儿去讨好、去供奉，这就是世上神的产生。猫头鹰就是一个神。

在这个监狱似的天地里，我们这些病人是互不歧视的，它同监狱的区别正在这里。犯人是要互相监督互相打小报告而争取减刑的，这是因为他以前曾经"犯"过人，以犯人入狱，又以犯人减刑出狱。我们患了病，并不是企图犯人，入院的一半是为了自己，一半也是为了不犯了别人，所以我们互相关心、体贴。每有一个出院，我们欢欣庆贺他的康复，也为了自己能治好而增加自信。一个病人进来，我们少半为又要认识一个朋友而高兴，多半却为他也染了病又悲伤。我们欢迎他的仪式虽不是握手和拥抱，却提醒他怎样买饭票，怎样服药，怎样不必悲观。病友和学友的感情一样珍贵，有待我们统统治愈出院后，我们在社会上仍可以形成一个关系网，这个关系网是受歧视之下、在生与死的分界线上建立的天长地久的友谊，它比那些互为利用的官网、商网、情网、乌七八糟的网纯净高尚得多。

我们失却了社会上所谓的人的意义，我们却获得了崭新的人的真情，我们有了宝贵的同情心和怜悯心，理解了宽容和体谅，热爱了所有的动物和植物，体会到了太阳的温暖和空气的清新。说老实话，这里的档案袋只有我们的病史而没有政史，所以这里没有猜忌，没有幸灾乐祸，没有钩心斗角，没有落井下石，没有势利和背弃。我们共同的敌人只是乙肝病毒。男女没有私欲，老少没有代沟。不酗酒，不赌博，按时作息，遵守纪律，单人单床，不纳妓宿娼，贵贱都同样吃药，从没人像官倒爷那样贪婪而嗜药成性。医护是我们的菩萨，我们给他们发出的笑是真正从心底来的，没有虚伪。猫头鹰是我们的上帝，我们畏惧而崇拜，没有丝毫的敷衍。我们为花坛中的那一片玫瑰浇水除草，数得清那共有多少花瓣，也记载了多少片落花被我们安葬。那洞穴的蚂蚁和檐下的壁虎，我们差不多认得了谁是谁的父母和儿女。我们虽然是坏了肝的人，但我们的心脏异常地好。

据说，在我们中国，患乙肝的是十个人中就有一个或两个的，我们这些人差不多都是在偶然的查体时发现病的。所以，当我站在铁栅栏内向外张望那些歧视我们的人时，总在想：别神气十足以为你们干净吧，或许，你们是没有查出乙肝的病人，我们是查出了乙肝的健康人！中国人这么多，如果逐个查检一下，这里就是一个多大的世界了，那么，都能来这里待待，人际的感情恐怕要比铁栅栏之外要好得多呢。

我们是病人,人却都病了,我的猫头鹰上帝!

写于1988年9月11日

似水年华

那车轮儿转得像一片雾,又像一团梦,分明又是一盘磁带了,唱着低低的、无穷无尽的乡曲……

我的老师

我的老师孙涵泊,是朋友的孩子,今年三岁半。他不漂亮,也少言语,平时不准父母杀鸡剖鱼,很有些良善,但对家里的所有来客却不睬不睬,表情木然,显得傲慢。开始我见他只逗着取乐,到后来便不敢放肆,认了他是老师。许多人都笑我认三岁半的小孩为师,是我疯了,或耍矫情。我说这就是你们的错误了,谁规定老师只能是以小认大?孙涵泊!孙老师,他是该做我的老师的。

幼儿园的阿姨领了孩子们去郊游,他也在其中,阿姨摘了一抱花分给大家,轮到他,他不接,小眼睛翻着白,鼻翼一翕一翕的。阿姨问:你不要?他说:"花疼不疼?"对于美好的东西，因为美好，我也常常就不觉得了它的美好，不爱惜，不保卫，有时是觉出了它的美好，因为自己没有，生嫉恨，多诽谤，甚至参与加害和摧残。孙涵泊却慈悲，视一切都有生命，都应尊重和和平相处，他真该做我的老师。

晚上看电视，七点钟中央电视台开始播放国歌，他就要站在椅子上，不管在座的是大人还是小孩，是惊讶还是嗤笑，目不旁视，双手打起节拍。我是没有这种大气派的，为了自己的身家平安和一点事业，时时小心，事事怯场，挑了鸡蛋挑子过闹市，不敢挤人，唯恐人挤，应忍的忍了，不应忍的也忍了，最多只写"转毁为缘，默雷止谤"自慰，结果失了许多志气，误了许多正事。孙涵泊却无所畏惧，竟敢指挥国歌，他真该做我的老师。

我在他家书写条幅，许多人围着看，一片叫好，他也挤了过来，头歪着，一手掏耳屎。他爹问：你来看什么？他说："看写。"再问：写的什么？说："字。"又问：什么字？说："黑字。"我的文章和书法本不高明，却向来有人恭维。我也是恭维过别人的，比如听别人说过某某的文章好，拿来看了，怎么也看不出好在哪里，但我要在文坛上混，又要证明我的鉴赏水平，或者某某是权威，是著名的，我得表示谦虚和尊敬，我得需要提拔和获奖，我也就说："好呀，当然是好呀，你瞧，他写的这副联，'××××××××，××××××春'，多好！"孙涵泊不管形势，不瞧脸色，不字斟句酌，拐弯抹角，直奔事物根本，他真该做我的老师。

街上两人争执，先是对骂，再是拳脚，一个脸上就流下血来，遂抓起了旁边肉店案上的砍刀，围观的人轰然走散，他爹牵他正好经过，他便跑过去立于两人之间，大喊："不许打架！打架不是好孩子，不许打架！"现在的人很烦，似乎吃了炸药，鸡毛蒜皮的事也要闹出个流血事件，但街头上的斗殴发生了，却没有几个前去制止的。我也是，怕偏护了弱者挨强者的刀子，怕去制伏强者，弱者悄然遁去，警察来了脱离不了干系，多一事不如少一事，还是一走了之，事后连个证明也不肯做。孙涵泊将安危置之度外，大义凛然，有徐洪刚的英勇精神，他真该做我的老师。

春节里，朋友带了他去一个同事家拜年，墙上新挂了印有西方诸神油画的年历，神是裸着或半裸着，来客没人时都注目偷看，一有旁人就脸色严肃。那同事也觉得年历不好，用红纸剪了小袄儿贴在那裸体上，大家才咻咻发笑起来，故意指着裸着的胸脯问他：这是什么？他玩变形金刚，玩得正起劲，看了一下，说："妈妈的奶！"说罢又忙他的操作。男人们看待女人，要么视为神，要么视神是裸肉，身上会痒的，却绝口不当众说破，不说破而再不会忘记，独处里作了非分之想。我看这年历是这样的感觉，去庙里拜菩萨也觉得菩萨美丽，有过单相思，也有过那个——我还是不敢说——

不敢说，只想可以是完人，是君子圣人，说了就是低级趣味，是流氓，千刀万剐。孙涵泊没有世俗，他不认作是神就敬畏，烧香磕头，他也不认作是裸体就产生邪念，他看了就看作是人的某一部位，是妈妈的某一部位，他说了也就完了，不虚伪不究竟，不自欺不欺人，平平常常，坦坦然然，他真该做我的老师。

我的老师话少，对我没有悬河般的教导，不布置作业，他从未以有我这么个学生而得意过，却始终表情木然，样子傲慢。我琢磨，或许他这样正是要我明白"口锐者天钝之，目空者鬼障之"的道理。我是诚惶诚恐地待我的老师的，他使我不断地发现着我的卑劣，知道了羞耻，我相信有许许多多的人接触了我的老师都要羞耻的。所以，我没有理由不称他是老师！我的老师也将不会只有我一个学生吧？

哭三毛

三毛死了。我与三毛并不相识,但在将要相识的时候三毛死了。三毛托人带来口信嘱我寄几本我的新书给她。我刚刚将书寄去的时候,三毛死了。我邀请她来西安,陪她随心所欲地在黄土地上逛逛,信函她还未收到,三毛死了。三毛的死,对我是太突然了,我想三毛的死对于她也一定是突然,但是,就这么突然地三毛死了,死了。

人活着是多么的不容易,人死灯灭却这样快捷吗?

三毛不是美女,一个高挑着身子,披着长发,携了书和笔漫游世界的形象,年轻的坚强而又孤独的三毛对于大陆年轻人的魅力,任何局外人作任何想象来估价都是不过分的。

许多年里，到处逢人说三毛，我就是那其中的读者，艺术靠征服而存在，我企羡着三毛这位真正的作家。夜半的孤灯下，我常常翻开她的书，瞧着那一张似乎很苦的脸，作想她毕竟是海峡那边的女子，远在天边，我是无缘等待得到相识面谈的。可我怎么也没有想到，一九九〇年十二月十五日，我从乡下返回西安的当天，蓦然发现了《陕西日报》上署名孙聪先生的一篇《三毛谈陕西》的文章。三毛竟然来过陕西？我却一点不知道！将那文章读下去，文章的后半部分几乎全写到了我。三毛说："我特别喜欢读陕西作家贾平凹的书。"她还专门告我普通话念凹为āo，但我听北方人都念凹（wā），这样亲切，所以我一直也念平凹（wā）。她告诉我，在台湾只看到了平凹的两本书，一本是《天狗》，一本是《浮躁》，我看第一篇时就非常喜欢，连看了三遍，每个标点我都研究，太有意思了，他用词很怪可很有味，每次看完我都要流泪。眼睛都要看瞎了。他写的商州人很好。这两本书我都快看烂了。你转告他，他的作品很深沉，我非常喜欢，今后有新书就寄我一本。我很崇拜他，他是当代最好的作家，当然这只是我个人的看法。他的书写得很好，看许多书都没像看他的书这样连看几遍，有空就看，有时我就看平凹的照片，研究他，他脑子里的东西太多了……大陆除了平凹的作品外，还爱读张贤亮和钟阿城的作品……读罢这篇文章，我并不敢以三毛的评价而扬扬得意，但对于她一个台湾人，对于她一个声名远振的作家，我感动着她的真诚直率和坦荡，为能得到她的理解而高兴。也就在第二天，孙聪先生打问到了我的住址赶来，我才知道他是省电台的记者，于一九九〇年的十月在杭州花家山宾馆开会，偶尔在那里见到了三毛，这篇文章就是那次见面的谈话记录。孙聪先生详细地给我说了三毛让他带给我的话，说三毛到西安时很想找我，但又没有找，认为"从他的作品来看他很有意思，隔着山去看，他更有神秘感，如果见了面就没意思了，但我一定要拜访他"。说是明年或者后年，她要以私人的名义来西安，问我愿不愿给她借一辆旧自行车，陪她到商州走动。又说她在大陆几个城市寻我的别的作品，但没寻到，希望我寄她几本，她一定将书钱邮来，并开玩笑地对孙聪说："我去找平凹，他的太太不会吃醋吧？会烧菜吗？"还送我一张名片，上边用钢笔写了："平凹先生，您的忠实读者三毛。"于是，送走了孙聪，我便包扎了四本书去邮局，且复了信，说盼望她明年来西安，只要她肯冒险，不怕苦，不怕狼，能吃下粗饭，敢不卫生，我们就一块骑旧车子去一般人不去的地方逛逛，吃地方小吃，看地方戏曲，参加婚丧嫁娶的活动，了解社会最基层的人事。这书和信是十二月十六日寄走的。我等待着三毛的回音，等了二十天，我看到了报纸上的消息：三毛在两天前自杀身亡了。

三毛死了，死于自杀。她为什么自杀？是她完全理解了人生，是她完成了她活着要贡献的那一份艺术，是太孤独，还是别的原因，我无法了解。作为一个热爱着她的读者，我无限悲痛。我遗憾的是我们刚刚要结识，她竟死了，我们之间相识的缘分只能是在这一种神秘的境界中吗？

三毛死了，消息见报的当天下午，我收到了许多人给我的电话，第一句都是："你知道吗，三毛死了！"接着就沉默不语，然后差不多要说："她是你的一位知音，她死了……"这些人都是看到了《陕西日报》上的那篇文章而向我打电话的。以后的这些天，但凡见到熟人，都这么给我说三毛，似乎三毛真是我的什么亲戚而来安慰我。我真诚地感谢着这些热爱三毛的读者，我为他们来向我表达对三毛死的痛惜感到荣幸，但我，一个人静静地坐下来的时候就发呆，内心一片悲哀。我并没有见过三毛，几个晚上都似乎梦见到一个高高的披着长发的女人，醒来思忆着梦的境界，不禁就想到了那一幅《洛神图》古画。但有时硬是不相信三毛会死，或许一切都是讹传，说不定某一日三毛真的就再来到了西安。可是，可是，所有的报纸、广播都在报道三毛死了，在街上走，随时可听见有人在议论三毛的死，是的，她是真死了。我只好对着报纸上的消息思念这位天才的作家，默默地祝愿她的灵魂上天列入仙班。

三毛是死了，不死的是她的书，是她的魅力。她以她的作品和她的人生创造着一个强刺激的三毛，强刺激的三毛的自杀更丰富着一个使人永远不能忘记的作家。

　　　　　　　　　　　　1991年1月7日

再哭三毛

我只说您永远也收不到我的那封信了,可怎么也没有想到您的信竟能邮来,就在您死后的第十一天里。今天的早晨,天格外冷,但太阳很红,我从医院看了病返回机关,同事们就对着我叫喊:"三毛来信啦!三毛给你来信啦!"这是一批您的崇拜者,自您死后,他们一直浸沉于痛惜之中,这样的话我全然以为是一种幻想。但禁不住还在问:"是真的吗,你们怎么知道?"他们就告诉说俊芳十点钟收到的(俊芳是我的妻子,我们同在市文联工作),她一看到信来自台湾,地址最后署一个"陈"字,立即知道这是您的信就拆开了,她想看又不敢看,啊地叫了一下,眼泪先流下来了,大家全都双手抖动着读完了信，就让俊芳赶快去街上复印，以免将原件弄脏弄坏了。听了这话我就往俊芳的办公室跑，俊芳还没有从街上回来，我只急得在门口打转。十多分钟后她回来了，眼睛红红的，脸色铁青，一见我便哽咽起来："她是收到你的信了……"

收到了，是收到了，三毛，您总算在临死之前接收了一个热爱着您的忠实读者的问候！可是，当我亲手捧着了您的信，我脑子里刹那间一片空白呀！清醒了过来，我感觉到是您来了，您就站在我的面前，您就充满在所有的空气里。

这信是您一月一日夜里两点写的，您说您"后天将住院开刀去了"，据报上登载，您是二日入院的，那么您是以一九九〇年最后的晚上算起的，四日的凌晨两点您就去世了。这封信您是什么时候发出的呢，是一九九一年的一月一日白天休息起来后，还是在三日的去医院的路上？这是您给我的第一封信，也是给我的最后一封信，更是您四十八年里最后的一次笔墨，您竟在临死的时候没有忘记给我回信，您一定是要惦念着这封信的，那亡魂会护送着这封信到西安来了吧！

前几天，我流着泪水写了《哭三毛》一文，后悔着我给您的信太迟，您没能收到，我们只能是有一份在朦胧中结识的缘分。写好后停也没停就跑邮局，我把它寄给了上海的《文汇报》，因为我认识《文汇报》的肖宜先生，害怕投递别的报纸因不认识编辑而误了见报时间，不能及时将我对您的痛惜、思念和一份深深的挚爱献给您。可是昨日收到《文汇报》另一位朋友谈及别的内容的信件，竟发现我寄肖宜先生的信址写错了，《文汇报》的新址是虎丘路，我写的是原址圆明园路。我好恨我自己呀，以为那悼文肖先生是收不到了，就是收到，也不知道转多少地方费多少天日，今日正考虑怎么个补救法，您的信竟来了，您并不是没有收到我的信，您是在收到了我的信后当晚就写回信来了！

读着您的信，我的心在痉挛着，一月一日那是怎样的长夜啊，万家灯火的台北，下着雨，您孤独地在您的房间，吃着止痛片给我写信，写那么长的信，我禁不住就又哭了。您是世界上最具真情的人，在您这封绝笔信里，一如您的那些要长存于世的作品一样至情至诚，令我揪心裂肠地感动。您虽然在谈着文学，谈着对我的作品的感觉，可我哪里敢受用了您的赞誉呢，我只能感激着您的理解，只能更以您的理解而来激励我今后的创作。一遍又一遍读着您的来信，在那字里行间，在那字面背后，我是读懂了您的心态，您的人格，您的文学的追求和您的精神的大境界，是的，您是孤独的，一个真正天才的孤独啊！

现在，人们到处都在说着您，书店里您的书被抢购着，热爱着你的读者在以各种方式悼念您，哀思您，为您的死作着种种推测。可我在您的信里，看不到您在入院前有什么自杀的迹象，您说您"这一年来，内心积压着一种苦闷，它不来自我个人生活，而是因为认识了您的书本"，又说您住院是害了"不大好的病"。但是，您知道自己害了"不大好的病"，又能去医院动手术，可见您并没有对病产生绝望，倒自信四五个月就能恢复过来，详细地给了我通信地址和电话号码，且说明五个月后来西安，一切都作了具体的安排，为什么偏偏在入院的当天夜里，敢就是四日的两点就死了呢？三毛，我不明白，我到底是不明白啊！您的死，您是不情愿的，那么，是什么原因而死的呀，是如同写信时一样的疼痛在折磨您吗？是一时的感情所致吗？如果这一切仅是一种孤独苦闷的精神基础上的刺激点，如果您的孤独苦闷在某种方面像您说的是"因为认识了您的书本"，三毛，我完全理解作为一个天才的无法摆脱的孤独，可牵涉到我，我又该怎么对您说呢？我的那些书本能使您感动是您对我的偏爱而令我终生难忘，却更使我今生今世要怀上一份对您深深的内疚之痛啊！

这些天来，我一直处于恍惚之中，总觉得常常看到了您，又都形象模糊不清，走到什么地方凡是见到有女性的画片，不管是什么脸形的，似乎总觉得某一处像您，呆呆看一会儿，眼前就全是您的影子。昨日晚上，却偏偏没有做什么离奇的梦，对您的来信没有丝毫预感，但您却来信了，信来了，您来了，您到西安来了！

现在，我的笔无法把我的心情写出，我把笔放下了，又关了门，不让任何人进来，让我静静地坐一坐。不，屋里不是我独坐，对着的是您和我了，虽然您在冥中，虽然一切无声，但我们在谈着话，我们在交流着文学，交流着灵魂。这一切多好啊，那么，三毛，就让我们在往后的长长久久的岁月里一直这么交流吧。三毛！

1991年1月15日下午收到三毛来信之后

附：三毛致贾平凹的信

平凹先生：

现在时刻是西元一九九一年一月一日清晨两点。下雨了。

今年开笔的头一封信，写给您：我心极喜爱的大师。恭恭敬敬地。

感谢您的这支笔，带给读者如我，许多个不睡的夜。虽然只看过两本您的大作，《天狗》与《浮躁》，可是反反复复，也看了快二十遍以上，等于四十本书了。

在当代中国作家中，与您的文笔最有感应，看到后来，看成了某种孤寂。一生酷爱读书，是个读书的人，只可惜很少有朋友能够讲讲这方面的心得。读您的书，内心寂寞尤甚，没有功力的人看您的书，要看走样的。

在台湾，有一个女朋友，她拿了您的书去看，而且肯跟我讨论，但她看书不深入，能够抓捉一些味道，我也没有选择地只有跟这位朋友讲讲《天狗》。这一年来，内心积压着一种苦闷，它不来自我个人生活，而是因为认识了您的书本。在大陆，会有人搭我的话，说："贾平凹是好呀！"我盯住人看，追问："怎么好法？"人说不上来，我就再一次把自己闷死。看您书的人等闲看看，我不开心。

平凹先生，您是大师级的作家，看了您的小说之后，我胸口闷住已有很久，这种情形，在看《红楼梦》，看张爱玲时也出现过，但他们仍不那么"对位"，直到有一次在香港有人讲起大陆作家群，其中提到您的名字。一口气买了十数位的，一位一位拜读，到您的书出现，方才松了口气，想长啸起来。对了，是一位大师。一颗巨星的诞生，就是如此。我没有看走眼。以后就凭那两本手边的书，一天四五小时地读您。

要不是您的赠书来了，可能一辈子没有动机写出这样的信。就算现在写出来，想这份感觉——由您书中获得的，也是经过了我个人读书历程的"再创造"，即使面对的是作者您本人，我的被封闭感仍然如旧，但有一点也许我们是可以沟通的，那就是：您的作品实在太深刻。不是背景取材问题，是您本身的灵魂。

今生阅读三个人的作品，在二十次以上，一位是曹霑，一位是张爱玲，一位是您。深深感谢。

没有说一句客套的话，您所赠给我的重礼，今生今世当好好保存，珍爱，是我极为看重的书籍。不寄我的书给您，原因很简单，相比之下，三毛的作品是写给一般人看的，贾平凹的著作，是写给三毛这种真正以一生的时光来阅读的人看的。我的书，不上您的书架，除非是友谊而不是文字。

台湾有位作家，叫作"七等生"，他的书不畅销，但极为独特，如果您想看他，我很乐于介绍您这些书。

想我们都是书痴，昨日翻看您的"自选集"，看到您的散文部分，一时里有些惊吓。原先看您的小说，作者是躲在幕后的，散文是生活的部分，作者没有窗帘可挡，我轻轻地翻了数页。合上了书，有些想退的感觉。散文是那么直接，更明显的真诚，令人不舍一下子进入作者的家园，那不是"黑氏"的生活告白，那是您的。今晨我再去读。以后会再读，再念，将来再将感想告诉您。先念了三遍《观察》（人道与文道杂说之二）。

四月（一九九〇年）底在西安下了飞机，站在外面那大广场上发呆，想，贾平凹就住在这个城市里，心里有着一份巨大的茫然，抽了几支烟，在冷空气中看烟慢慢散去，尔后我走了，若有所失的一种举步。

吃了止痛药才写这封信的，后天将住院开刀去了，一时里没法出远门，没法工作起码一年，有不大好的病。

如果身子不那么累了，也许四五个月可以来西安，看看您吗？倒不必陪了游玩，只想跟您讲讲我心目中所知所感的当代大师——贾平凹。

用了最宝爱的毛边纸给您写信，此地信纸太白。这种纸台北不好买了，我存放着的。我地址在信封上。

您的故乡，成了我的"梦魅"。商州不存在的。

三毛敬上

我的小学

小学是在寺庙里,房子都老高老高,屋脊上雕着飞龙走兽,绿苔长年把瓦槽生满,有一种毛拉子草,一到雨天,就肉肉地长出半尺多高来。老师们是住在殿堂里,那里原先有个关帝爷,脸色枣一样红,后来搬掉了,胎泥垫建了院子,那一对眼珠子,原来是两个上了釉的瓷球,就放大门口的照壁顶上,夜里还在幽幽地放光。两边的廊房,就是教室。上课的是高年级学生。台阶很高,我可以双脚从上边跳下来,但却跃不上去。每次要绕到山墙角儿,轻轻松松地从那一边石头铺成的漫道上单脚蹦上去。那山墙角地是一棵裂了身子的老苦楝树。树顶上有个老鸦巢,筛筐般大,巢下横枝上吊着一口钟，钟敲起来，那一家老鸦却并无动静，这奇怪使我不解了好几年呢。

五岁那年，娘牵着我去报名，学校里不收，我就抱住报名室的桌子腿哭，老师都围着我笑；最后就收下了，但不是正式学生，是一年级"见习生"。娘当时要我给老师磕头，我跪下就磕了，头还在地上有了响声。那个女老师倒把我抱起来，我以为她要揪我的耳朵了，那胖胖的，有着肉窝儿的手，一捏，却将我的鼻涕捏去了。"学生了，还流鼻涕！"大家都笑了，我觉得很丢人，从此就再不敢把鼻涕流下来。因为没有手巾，口袋里常装着杨树叶子，每次进校前就揩得干干净净了。

因为学校教室少，因为我们是一年级学生，那寺庙的大院里没有我们的座位，只好就在院外的一家刘姓的祠堂里上课。祠堂里抹着一块黑板，用土坯垒起一些柱墩儿，村子里就将夏天河面上的木板桥拆了架，在上边作了课桌。凳子是自带的。我们那时没分家，堂兄堂姐多，凳子有限，我常常抢不到凳子，加上我个子矮，坐在小凳子上又趴不到桌面上，就一直站着听课。实在腿困了，就将家里的劈柴拿来一根，在前后的柱墩上掏出窝儿架好，骑在上边。这种凳子虽然不舒服，但坐上去却从来不打瞌睡。只是课余时间，同学们都拿着凳子在祠堂后的一个土坡上反放着，由上往下开汽车，我只好蹲下往下滑，常常把握不好，就一个跟头滚下去，弄得一脸的泥土。

家里没有表，早晨总估摸不了时间，有几次起床迟了，就和娘哭闹。娘后来一到半夜就不敢睡，一边在灯下纳鞋底儿，一边逮那学校的钟声。到了冬天，起来得早，月亮白花花的，我们就在村里喊着同学一块儿去。大家都有书包，我没有，娘将一个小包袱皮给我，严严实实包了，让我夹在胳膊下，我那时很要强，唯这一点总不如人，但娘说没有钱，我也没了办法。祠堂的门关着，班长带着钥匙，他还没有来，我们就在祠堂前跳起舞来。跳的是新学的"找朋友"："找呀找呀找朋友，找到一个好朋友！"大家很快活，有时找着小霓，有时找着芳芳，就一对一对跳起来。到了三年级以后，这舞就不跳了，而且男的和女的就分开来。我曾经和芳芳一块踢过毽子，同学们都说我和芳芳好，是夫妻，拿指头羞我，我便和芳芳成了仇人。等到班长来了，开了祠堂门，我们就进去坐在自己的座位上。祠堂里还黑隆隆的，因为没灯，少半时候，我们点些松油节取亮，大半时候就摸黑坐着。黑板上边的墙头上，那时还留着祠堂里的壁画，记得是《王祥卧冰》，虽然不懂得具体意思，但觉得害怕。大家坐下后，都不敢靠墙，也不敢提说那壁画，就闭着眼睛把课文从第一课一直背诵下去。一旦一个人停下来，大家就都停下来，祠堂里静悄悄的。风把方格子窗上的麻纸吹得哗哗响，大家便又都害怕了，一哇声再背诵开来，声越来越高，全为了壮胆。要不，一个人忽地跑出去，大家就都往外跑，我常常跑在最后，大呼小叫，声都变了腔。祠堂前的平台下就是荷花塘，冬天里荷花败了，塘里结了冰，大家就去那芦草窝里掏一种鸟儿，或者折下那枯莲茎秆儿，点着当烟吸，呛得鼻涕、眼泪都流下来。

在这个祠堂内，我们坐了两年，老师一直是一个女的，就是捏我鼻涕的那个。她长得很白，讲课的声音十分好听，每每念着课文，就像唱歌儿。我从来没有听到过她这么好听的声音，开头的半年时间里，几乎没有听懂她讲的什么，每一堂课却被她的声音陶醉着。所以，每当她让我站起来回答问题时，我一句话也答不出，她就说："你真是个见习生！"见习生的事原先同学们都不知道，她一说，大家都小瞧起我了，以后干什么事，他们就朝我伸小拇指头，还要在上边呸呸几口，再说一句："哼，你能干什么，你真是个见习生！"我们就打过几次架。娘后来狠狠揍了我一次，罚我一顿不准吃饭。老师知道了，寻到我家，向我和娘作了检讨，说是她的不对，问我是不是听不懂课。我说："我光听了你的声，你的声好听！"她脸红红的，就笑了。从此，我就下了决心，一定不落人后，老师对我格外好起来，她的声音还是那么好听，但一下课，就来辅导我，惹得同学们都眼红起来。

一年级学完后，老师对我说："你年纪小，不让你升级。"我当下就吓哭了。老师却将我抱起来，说她是哄我，宣布我再也不是见习生了。我一高兴，就叫她"姨姨"，叫完就后悔了。她却并没有恼我，还拧了我一下嘴：她笑了，我也笑了。下午，她拿着成绩单到我家，向娘夸说我乖，学习进步快，娘给她打荷包蛋吃。我便大胆起来，说："老师，你的声音好听，你能给我唱个歌吗？"她就唱起来，腮帮上深深显出两个酒窝，唱完就咯咯地笑。

到了夏天，学校里中午要睡午觉，我们就都不安分，总是等大伙伏在桌上睡着以后，就几个人偷偷到荷花塘里去玩水。胆大的都到深水里去，趴浮，立浮，还有仰浮，将小肚子露在水面。我因为胆小，总是在塘边抓住树根，双脚在水面打着浪花。那些女生就常常告发我们，老师就每次用手在我们胳膊上抓一下，看有没有水锈的白道，结果，总要挨一顿剋。但是，水里的诱惑力十分大，我们免不了还是要去，而且每次去时对女生晃晃拳头，再是去了将衣服藏在树丛里，跑到荷花塘深处去玩。有一次，竟被校长发现了，狠狠地批评了老师，老师委屈得哭了。我们知道后，心里很难受，去向老师承认错误。却恨起校长来，就在祠堂门前挖一个坑儿，用泥捏一个胖胖的校长，埋在里边。又是女生告发了，老师在课堂上让我们几个站起来，大发脾气，末了，查出是我的主意，就把我推出教室，将一颗扣子也拉扯掉了。下课后她给我缝扣子，我哭得泪人儿一样，连夜写了检讨书，一直在教室里贴了三天。

我那时最爱语文，尤其爱造句，每一个造句都要写得很长，作业本就用得费。后来，就常常跑黄坡下的坟地，捡那死人后挂的白纸条儿，回来订成细长的本子，一到清明，就可以一天之内订成十多个本子呢。但是，句子造得长，好多字不会写，就用白字或别字替着，同学们都说我是错别字大王，教师却表扬我，说我脑子灵活，每一次作业都批"优秀"，但却将错别字一一画出，让我连做三遍。学写大字也是我最喜欢的课，但我没有毛笔，曾偷偷剪过伯父的羊皮褥子上的毛做笔，老师就送给我一支。我很感谢，越发爱起写大字，别人写一张，我总是写两张、三张。老师就将我的大字贴在教室的墙上，后来又在寺庙的高年级教室展览过。她还领着我去让高年级学生参观。高年级的讲台桌很高，我一走近，就没了影儿，她把我抱起来，站在那椅子上。那支毛笔，后来一直用秃，我还舍不得丢掉，藏在家里的宋瓷花瓶里，到了"文化大革命"，破起"四旧"，花瓶被没收走了，笔也就丢失了。

从一年级到二年级，我的父亲一直在外地工作，娘要给父亲去信，总是拿着几颗鸡蛋来求老师代写，老师硬是不收鸡蛋，信写得老长。到了二年级下半学期，她说："你现在能造句了，你怎么不学着给你父亲写信呢？"我说我不会格式。她说："你家里有什么事情，你就写什么，不要考虑格式！"我真的就写起来，因为家里的事我都知道，都想说给父亲听，比如：奶奶的病好转了，夜里不咳嗽了。娘的身体很好，只是唠叨天凉了，父亲的棉衣穿上没有。还有家里的兔又下了崽，现在一共是六只了，狗还很凶，咬伤了三娃的腿，其实是三娃用棍打它，它才咬的。还有我学习很好，考试算术得了一百分，语文得了九十八分，是一个字又写错了。信花了三天才写好，老师又替我改了好多错字，说："以后到高年级做作文，或者长大写文章，你就按这路子写，不要被什么格式套住你，想写什么就写什么，熟悉什么就写什么，写清、写具体就好了。"我从那时起就记住了老师的话，之所以如今我还能写些小说、散文，老师当时的话对我影响很大。

这一年，我们上完了二年级。三年级学生可以到寺庙大院里去住了，我们都很高兴。寒假里，同学们都去挖药、砍柴卖钱，商量春节给老师买些年画拜年。到了腊月三十日中午，我们就集合起来，拿着一卷子年画，还有一串鞭炮去找老师，但是，老师却不在。问校长，原来她调走了。校长拿出一包水果糖来，说是我们的老师临走时，很想去各家看看我们，但时间来不及了，就买了这糖，让开学后发给我们每人一颗。我们就都哭了。从那以后，我再也没有见到我的那位老师，在寺庙里读了四年书，后来又到离家十五里外的中学读了三年，就彻底毕业了，但我的启蒙老师一直没有下落。现在是二十五年过去了，老师还在世没有，我仍不知道，每每想起来，心里就充满了一种深深的惆怅。

1983年3月4日早写

西大三年
——十五年后的记忆

一九七二年四月二十八日,汽车将一个十九岁的孩子拉进西大校内,这孩子和他的那只绿皮破箱就被搁置在了陌生的地方。

这是一个十分孱弱的生命,梦幻般的机遇并没有使他发狂。巨大的忧郁和孤独,他只能小心翼翼地睁眼看世界。他数过,从宿舍到教室是五百二十四步,从教室到图书馆是三百零三步。因为他老是低着头,他发现学校的蚂蚁很多。当眼前有了好些各类鞋脚时,他就踽踽地走了,他走的样子很滑稽,一只极大的书包,沉重使他的一个肩膀低下去,一个肩膀高上来。

他唯有一次上台参加过集体歌咏，其实嘴张着并没有发声。所以，谁也未注意过他，这正合他的心境。他是一个没有上过高中的乡下人，知识的自卑使他敬畏一切人，悄无声息地坐在阅览室的一角，用一个指头敲老师的家门，默默地听同窗的高谈阔论。但是，旁人的议论和嘲笑并没有使他惶恐和消沉，一次政治考试分数过低，他将试卷贴于床头，早晚让耻辱盯着自己。

他当过宿舍的舍长，当然尽职尽责，遗憾的是他没有蚊帐，夏夜的蚊子轮番向他进攻。实在烦躁到极致，他反倒冷静了，想：小小的蚊子能吃完我吗？这蚊子或许是叮过什么更有知识的人的，那么，这蚊子也是知识化了的蚊子，它传染给我的也一定是知识吧。冬天里，他的被子太薄，长长的夜里他的膝盖以下总是凉的，他一直蜷着睡，这虽然影响了他以后继续长高，但这样却练就了他善于聚集内力的功夫。

他无意于将来要当作家，只是什么书都看，看了就做笔记，什么话也不讲。当黄昏一人独行于校内树林子里，面对了所有杨树上那长疤的地方，认定那是人之眼、天地神灵之大眼，便充裕而坚定，长久高望树上的云朵，总要发现那云活活的是一群腾龙跃虎。

他的身体先还较好，虽然打篮球别人因个子小不给传球而从此兴趣殆尽，虽然他跳不过鞍马，虽然打乒乓球尽败于女生，但是，当一次献血活动，被抽去三百毫升之后又将血费购买书了。不久就患了一场大病，再未恢复过来。这下好，他却住了单间，有了不上操、不十点熄灯的方便了，创作活动也于此开始。当今有人批评他的文章多少有病态意味，其实根因也正在此。

最不幸的是肚子常饥，一下课就去站长长的买饭队，叮叮当当敲自己的碗筷，而一块玉米面发糕和一勺大混菜，总是不品滋味地胡乱扒下。他有他的改善生活日，一首诗或一篇文章写出，四角五分钱的价格，他可以去边家村食堂买一碗米饭和一碗鸡蛋汤。因为饭菜的诱惑，所以他那时写作极勤。但他的诗只能在班壁报上发表。

他忘不了的是授过他知识的每一位老师，年长的，年轻的。他热爱每一个同学，男性的，女性的。他梦里还常梦到图书馆二楼阅览室的那把木椅，那树林子中的一块怪模怪样的石头，那宿舍窗外的一棵粗桩和细枝组合的杨树，以及那树叶上一只裂背的仅是空壳了的蝉。

整整十五年后，他才敢说，他曾经撕过阅览室一张报纸上的一块文章，而且是预谋了一个上午。他掏三倍价为图书馆赔偿的那本书，说丢了那是谎言，其实现在还保藏在他的书柜里。他曾在学校偷偷吸烟。他曾远远看见一个留辫子的女学生而作过一首自己也吃惊的情诗。

一九七五年的九月，他毕业了，离开校门，他依旧提着那只绿皮破箱，又走向了另一个陌生的地方。

祭 父

父亲贾彦春,一生于乡间教书,退休在丹凤县棣花;年初胃癌复发,七个月后便卧床不起,饥饿疼痛,疼痛饥饿,受罪至第二十七天的傍晚,突然一个微笑而去世了。其时中秋将近,天降大雨,我还远在四百里之外,正预备着翌日赶回。

我并没有想到父亲的最后离去竟这么快。以往家里出什么事,我都有感应,就在他来西安检查病的那天,清早起来我的双目无缘无故地红肿,下午他一来,我立即感到有悲苦之灾了。经检查,癌已转移,半月后送走了父亲,天天心揪成一团,却不断地为他卜卦,卜辞颇吉祥,还疑心他会创造出奇迹，所以接到病危电报，以为这是父亲的意思，要与我交代许多事情。一下班车，看见戴着孝帽接我的堂兄，才知道我回来得太晚了，太晚了。父亲安睡在灵床上，双目紧闭，口里衔着一枚铜钱。他再也不像以往那样听见我的脚步声便从内屋走出来喜欢地对母亲喊："你平回来了！"也没有我递给他一支烟时，他总是摆摆手而拿起水烟锅的样子。父亲永远不与儿子亲热了。

守坐在灵堂的草铺里，陪父亲度过最后一个长夜。小妹告诉我，父亲饲养的那只猫也死了。在父亲水米不进的那天，猫也开始不吃，十一日中午猫悄然毙命，七个小时后父亲也倒了头。我感动着猫的忠诚，我和我的弟妹都在外工作，晚年的父亲清淡寂寞，猫给过他慰藉，猫也随他去到另一个世界。人生的短促和悲苦，大义上我全明白，面对着父亲我却无法超脱。满院的泥泞里人来往作乱，响器班在吹吹打打，透过灯光我呆呆地望着那一棵梨树，还是父亲亲手栽的，往年果实累累，今年竟独独一个梨子在树顶。

父亲的病是两年前做的手术，我一直对他瞒着病情，每次从云南买药寄他，总是撕去药包上癌的字样。术后恢复得极好，他每顿已能吃两碗饭，凌晨要喝一壶茶水，坐不住，喜欢快步走路。常常到一些亲戚朋友家去，撩了衣服说：瞧刀口多平整，不要操心，我现在什么病也没有了。看着父亲的豁达样，我暗自为没告诉他病情而宽慰，但偶尔发现他独坐的时候，神色甚是悲苦，竟有一次我弄来一本算卦的书，兄妹们都嚷着要查各自的前途机遇，父亲走过来却说："给我查一下，看我还能活多久？"我的心咯噔一下沉起来，父亲多半是知道了他得的什么病，他只是也不说出来罢了。卦辞的结果，意思是该操劳的都操劳了，待到一切都好。父亲叹息了一声："我没好福。"我们都黯然无语，他就又笑了一下："这类书怎能当真？人生谁不是这样呢！"可后来发生的事情，不幸都依这卦辞来了。

先是数年前母亲住院，父亲一个多月在医院伺候，做手术的那天，我和父亲守在手术室外，我紧张得肚子疼，父亲也紧张得肚子疼。母亲病好了，大妹出嫁，小妹高考却不中，原本依父亲的教龄可以将母亲和小妹的户口转为城镇户口，但因前几年一心想为小弟有个工作干，自己硬退休回来，现在小妹就只好窝在乡下了。为了小妹的前途，我写信申请，父亲四处寻人说情，他是干了几十年教师工作，不愿涎着脸给人家说那类话，但事情逼着他得跑动，每次都十分为难。他给我说过，他曾鼓很大勇气去找人，但当得知所找的人不在时，竟如释重载，暗自庆幸，虽然明日还得再找，而今天却免去一次受罪了。整整两年有余，小妹的工作有了着落，父亲喜欢得来人就请喝酒，他感激所有帮过忙的人，不论年龄大小皆视为贾家的恩人。但就在这时候，他患了癌病。担惊受怕的半年过去了，手术后身体一天天好起来，这一年春节，父亲一定要我和妻子女儿回老家过年，多买了烟酒，好好欢度一番，没想年前两天，我的大妹夫突然出事故亡去。病后的父亲老泪纵横，以前手颤的旧病又复发，三番五次划火柴点不着烟。大妹带着不满一岁的外甥重又回住到我家，沉重的包袱又一次压在父亲的肩上。为了大妹的生活和出路，父亲又开始了比小妹当年就业更艰难的奔波，一次次地碰壁，一夜夜地辗转不眠。我不忍心看着他的劳累，甚至对他发火，他再一次赶来给我说情况时，故意作出很轻松的样子，又总要说明他还有别的事才进城的。大妹终于可以吃商品粮了，甚至还去外乡做临时工作，父亲实想领大妹一块去乡政府报到，但癌病复发了，终未去成。父亲之所以在动了手术后延续了两年多的生命，他全是为儿女要办完最后一件事，当他办完事了竟不肯多活一月就溘然长逝。

俗话讲，人生的光景几节过，前辈子好了后辈子坏，后辈子好了前辈子坏，可父亲的一生中却没有舒心的日月。在他的幼年，家贫如洗，又常常遭土匪的绑票，三个兄弟先后被绑票过三次，每次都是变卖家产赎回，而年仅七岁的他，也竟在一个傍晚被人背走到几百里外。贾家受尽了屈辱，发誓要供养出一个出头的人，便一心要他读书。父亲提起那段生活，总是感激着三个大伯，说他夜里读书，三个大伯从几十里外扛木头回来，为了第二天再扛到二十里外的集市上卖个好价，成半夜在院中用石锤砸木头的大小截面，那种咣咣的响声使他不敢懒散，硬是读完了中学，成为贾家第一个有文化的人。此后的四五十年间，他们兄弟四人亲密无间，二十二口的大家庭一直生活到六十年代，后来虽然分家另住，谁家做一顿好吃的，必是叫齐别的兄弟。我记得父亲在邻县的中学任教时期，一直把三个堂兄带在身边上学，他转到哪儿，就带在哪儿，堂兄在学生宿舍里搭合铺，一个堂兄尿床，父亲就把尿床的堂兄叫去和他一块睡，一夜几次叫醒小便，但常常堂兄还是尿湿了床，害得父亲这头湿了睡那头，那头暖干了睡这头。我那时和娘住在老家，每年去父亲那儿一次，我的伯父就用箩筐一头挑着我，一头挑着粮食翻山越岭走两天，我至今记得我在摇摇晃晃的箩筐里看夜空的星星，星星总是在移动，让我无法数清。当我参加了工作第一次领到了工资，三十九元钱先给父亲寄去了十元，父亲买了酒便请了三个伯父痛饮，听母亲说那一次父亲是醉了。那年我回去，特意跑了半个城买了一根特大的铝盒装的雪茄，父亲拆开了闻了闻，却还要叫了三个伯父，点燃了一口一口轮流着吸。大伯年龄大，已经下世十多年了，按常理，父亲应该照看着二伯和三伯先走，可谁也没想到，料理父亲丧事的竟是二伯和三伯。在盛殓的那个中午，贾家大小一片哭声，二伯和三伯老泪纵横，瘫坐在椅子上不得起来。

"文化大革命"中，家乡连遭三年大旱，生活极度拮据，父亲却被诬陷为历史反革命关进了"牛棚"。正月十五的下午，母亲炒了家中仅有的一疙瘩肉盛在缸子里，伯父买了四包香烟，让我给父亲送去。我太阳落山时赶到他任教的学校，父亲已经遭人殴打过，造反派硬不让见，我哭着求情，终于在院子里拐角处见到了父亲，他黑瘦得厉害，才问了家里的一些情况，监管人就在一边催时间了。父亲送我走过拐角，却将缸子交给我，说："肉你拿回去，我把烟留下就是了。"我出了院子的栅栏门，门很高，我只能隔着栅栏缝儿看父亲，我永远忘不了父亲呆呆站在那儿看我的神色。后来，父亲带着一身伤残被开除公职押送回家了，那是个中午，我正在山坡上拔草，听到消息扑回来，父亲已躺在床上，一见我抱了我就说："我害了我娃了！"放声大哭。父亲是教了半辈子书的人，他胆小，又自尊，他受不了这种打击，回家后半年内不愿出门。但家庭从政治上、经济上一下子沉沦下来，我们常常吃了上顿没有下顿，自留地的苞谷还是嫩的便掰了回来，苞谷棵儿和穗儿一起在碾子上砸了做糊糊吃，麦子不等成熟，就收回用锅炒了上磨。全家唯一指望的是那头猪，但猪总是长一身红绒，眼里出血似的盼它长大了，父亲领着我们兄弟将猪拉到十五里的镇上去交售，但猪瘦不够标准，收购站拒绝收。听说二十里外的邻县一个镇上标准低，我们决定重新去交，天不明起来，特意给猪喂了最好的食料，使猪肚撑得滚圆，我们却饿着，父亲说："今日把猪交了，咱父子仨一定去饭馆美美吃一顿！"这话极大地刺激了我和弟弟，赤脚冒雨将猪拉到了镇上。交售猪的队排得很长，眼看着轮到我们了，收购员却喊了一声："下班了！"关门去吃饭。我们迭声叫苦，没有钱去吃饭，又不能离开，而猪却开始排泄，先是一泡没完没了的尿，再是翘了尾巴要拉，弟弟急了，拿脚直踢猪屁股，但最后还是拉下来，望着那老大的一堆猪粪，我们明白那是多少钱的分量啊。骂猪，又骂收购员，最后就不骂了，因为我和弟弟已经毫无力气了。直等到下午上班，收购员过来在猪的脖子上捏捏，又在猪肚子上揣揣，头不抬地说："不够等级！下一个——"父亲首先急了，忙求着说："按最低等级收了吧。"收购员翻着眼训道："白给我也不收哩！"已经去验下一头猪了。父亲在那里站了好大一会儿，又过来蹲在猪旁边，他再没有说话，手抖着在口袋里掏烟，但没有掏出来，扭头对我们说："回吧。"父子仨默默地拉猪回来，一路上再没有说肚子饥的话。

在那苦难的两年里，父亲耿耿于怀的是他蒙受的冤屈，几乎过三天五天就要我来写一份翻案材料寄出去。他那时手抖得厉害，小油灯下他讲他的历史，我逐字书写，寄出去的材料十分之九泥牛入海，而父亲总是自信十足。家贫买不起纸，到任何地方一发现纸就眼开，拿回来仔细裁剪，又常常纸色不同，以至后来父子俩谈起翻案材料只说"五色纸"就心照不宣。父亲幼年因家贫害过胃疼，后来愈过，但也在那数年间被野菜和稻糠重新伤了胃，这也便是他恶变胃癌的根因。当父亲终于冤案昭雪后，星期六的下午他总要在口袋里装上学校的午餐，或许是一片烙饼，或是四个小素包子，我和弟弟便会分别拿了躲到某一处吃得最后连手也舔了，末了还要趴在泉里喝水涮口咽下去。我们不知道那是父亲饿着肚子带回来的，最最盼望每个星期六傍晚太阳落山的时候。有一次父亲看着我们吃完，问："香不香？"弟弟说："香，我将来也要当个教师！"父亲笑了笑，别过脸去。我那时稍大，说现在吃了父亲的馍馍，将来长大了一定买最好吃的东西孝敬父亲。父亲退休以后，孩子们都大了，我和弟弟都开始挣钱，父亲也不愁没有馍馍吃，在他六十四岁的生日我买了一盒寿糕，他却直怨我太浪费了。五月初他病加重，我回去看望，带了许多吃食，他却对什么也没了食欲，临走买了数盒蜂王浆，叮咛他服完后继续买，钱我会寄给他的，但在他去世后第五天，村上一个人和我谈起来，说是父亲服完了那些蜂王浆后曾去商店打问过蜂王浆的价钱，一听说一盒八元多，他手里捏着钱却又回来了。

父亲当然是普通的百姓，清清贫贫的乡间教师，不可能享那些大人物的富贵，但当我在城里每次住医院，看见老干部楼上的一些人长期为小病疗养而坐在铺有红地毯的活动室中玩麻将，我就不由得想到我的父亲。

在贾家族里，父亲是文化人，德望很高，以至大家分为小家，小家再分为小家，甚至村里别姓人家，大到红白喜丧之事，小到婆媳兄妹纠纷，都要找父亲去解决。父亲乐意去主持公道，却脾气急躁，往往自己也要生许多闷气。时间长了，他有了一定的权威，多少也有了以"势"来压的味道，他可以说别人不敢说的话，竟还动手打过一个不孝其父的逆子的耳光，这少不得就得罪了一些人。为这事我曾埋怨他，为别人的事何必那么认真，父亲却火了，说道："我半个眼窝也见不得那些龌龊事！"父亲忠厚而严厉，胆小却嫉恶如仇，他以此建立了他的人品和德行，也以此使他吃了许多苦头，受了许多难处。当他活着的时候，这个家庭和这个村子的百多户人家已经习惯了父亲的好处，似乎并不觉得什么，而听到他去世的消息，猛然间都感到了他存在的重要。我守坐在灵堂里，看着多少人来放声大哭，听着他们哭诉"你走了，有什么事我给谁说呀"的话，我欣慰着我的父亲低微却崇高，平凡而伟大。

在我小小的时候，我是害怕父亲的，他对我的严厉使我产生惧怕，和他单独在一起，我说不出一句话，极力想赶快逃脱。我恋爱的那阵，我的意见与父亲不一致，那年月政治的味道特浓，他害怕女方的家庭成分影响我，他骂我，打我，吼过我"滚"。在他的 生中，我什么都听从他，唯那件事使他伤透了心。但随着时代的变化，家庭出身已不再影响到个人的前途，但我妻子并未记恨他，像女儿一样孝敬他，他又反过来说我眼光比他准，逢人夸说儿媳的好处，在最后的几年里每年都喜欢来城中我的小家中住一个时期。但我在他面前，似乎一直长不大，直到我的孩子已经上小学了，一次他来城里，见面递给我一支烟来吸，我才知道我成熟了，有什么事可以直接同他商量。父亲是一个普通的乡村教师，又受家庭生计所累，他没有高官显禄的三朋，也没有身缠万贯的四友，对于我成为作家，社会上开始有些虚名后，他曾得意和自豪过。他交识的同行和相好免不了向他恭贺，当然少不了向他讨酒喝，父亲在这时候是极其慷慨的，身上有多少钱就掏多少钱，喝就喝个酩酊大醉。以至后来，有人在哪里看见我发表了文章，就拿着去见父亲索酒。他的酒量很大，原因一是"文革"中心情不好借酒消愁，二是后来为我的创作以酒得意，喝酒喝上了瘾，在很长的日子里天天都要喝的，但从不一人独喝，总是吆喝许多人聚家痛饮，又一定要母亲尽一切力量弄些好的饭菜招待。母亲曾经抱怨：家里的好吃好喝全让外人享用了！我也为此生过他的气，以我拒绝喝酒而抗议，父亲真有一段时间也不喝酒了。一九八二年的春天，我因一批小说受到报刊的批评，压力很大，但并未透露一丝消息给他。他听人说了，专程赶三十里到县城去翻报纸，熬煎得几个晚上睡不着。我母亲没文化，不懂得写文章的事，父亲给她说的时候，她困得不时打盹，父亲竟生气得骂母亲。第二天搭车到城里见我，我的一些朋友恰在我那儿谈论外界的批评文章,我怕父亲听见,让他在另一间房内休息。等来客一走,他竟过来说:"你不要瞒我,事情我全知道了。没事不要寻事,有了事就不要怕事。你还年轻,要吸取经验教训,路长着哩!"说着又反身去取了他带来的一瓶酒,说:"来,咱父子都喝喝酒。"他先倒了一杯喝了,对我笑笑,就把杯子给我。他笑得很苦,我忍不住眼睛红了。这一次我们父子都重新开戒,差不多喝了一瓶。

自那以后,父亲又喝开酒了,但他从没有喝过什么名酒。两年半前我用稿费为他买了一瓶茅台,正要托人捎回去,他却来检查病了,竟发现患的是胃癌。手术后,我说:"这酒你不能喝了,我留下来,等你将来病好了再喝。"我心里知道,父亲怕是再也喝不成了,如果到了最后不行的时候,一定让他喝一口。在父亲生命将息的第十天,我妻子陪送老人回老家,我让把酒带上。但当我回去后,父亲已经去世了,酒还原封未动。妻说:父亲回来后,汤水已经不能进,就是让喝酒,一定腹内烧得难受,为了减少没必要的痛苦,才没有给父亲喝。盛殓时,我流着泪把那瓶茅台放在棺内,让我的父亲在另一个世界上再喝吧。如今,我的文章还在不断地发表出版,我再也享受不到那一份特殊的祝贺了。

父亲只活了六十六岁,他把年老体弱的母亲留给我们,他把两个尚未成家的小妹留给我们,他把家庭的重担留给了从未担过沉的长子的我。对于父亲的离去，我们悲痛欲绝，对于离我们而去，父亲更是不忍。当检查得知癌细胞已广泛转移毫无医治可能的结论时，我为了稳住父亲的情绪，还总是接二连三地请一些医生来给他治疗，事先给医生说好一定要表现出检查认真，多说宽心话。我知道他们所开的药全都是无济于事的，但父亲要服只得让他服，当然是症状不减，且一日不济一日，他说："平呀，现在咋办呢？"我能有什么办法呀，父亲。眼泪从我肚子里流走了，脸上还得安静，说："你年纪大了，只要心放宽静养，病会好的。"说罢就不敢看他，赶忙借故别的事走到另一个房间去抹眼泪。后来他预感到了自己不行了，却还是让扶起来将那苦涩的药面一大勺一大勺地吞在口里，强行咽下，但他躺下时已泪流满面，一边用手擦着一边说："你妈一辈子太苦，为了养活你们，舍不得吃，舍不得穿，到现在还是这样。我只说她要比我先走了，我会把她照看得好好的……往后就靠你们了。还有你两个妹妹……"母亲第一个哭起来，接着全家大哭，这是我们唯有的一次当着父亲的面痛哭。我真担心这一哭会使父亲明白一切而加重他的负担，但父亲反倒劝慰我们，他照常要服药，说他还要等着早已订好的国庆节给小妹结婚的那一天，还叮咛他来城前已给菜地的红萝卜浇了水，菜苗一定长得茂密，需要间一间。就在他去世的前五天，他还要求母亲去抓了两服中草药熬着喝。父亲是极不甘心地离开了我们，他一直是在悲苦和疼痛中挣扎，我那时真希望他是个哲学家或是个基督教徒，能透悟人生，能将死自认为一种解脱，但父亲是位实实在在的为生活所累了一生的平民，他的清醒的痛苦的逝去使我心灵不得安宁。当得知他在最后一刻终于绽出一个微笑，我的心多多少少安妥了一些。可以告慰父亲的是，母亲在悲苦中总算挺了过来，我们兄妹都一下子更加成熟，什么事都处理得很好。小妹的婚事原准备推迟，但为了父亲灵魂的安息，如期举办，且办得十分圆满。这个家庭没有了父亲并没有散落，为了父亲，我们都努力地活着。

按照乡间风俗，在父亲下葬之后，我们兄妹接连数天的黄昏去坟上烧纸和燃火，名曰"打怕怕"，为的是不让父亲一人在山坡上孤单害怕。冥纸和麦草燃起，灰屑如黑色的蝴蝶满天飞舞，我们给父亲说着话，让他安息，说在这面黄土坡上有我的爷爷奶奶，有我的大伯，有我村更多的长辈，父亲是不会孤单的，也不必感到孤单；这面黄土坡离他修建的那一院房子并不远，他还是极容易来家中看看，而我们更是永远忘不了他，会时常来探望他的。

1989年10月13日写毕
（父亲去世后二十二天，"五七"之前）

纺车声声

如今，我一听见"嗡儿，嗡儿"的声音，脑子里便显出一弯残月来，黄黄的，像一瓣香蕉似的吊在那棵榆树梢上；院子里是朦朦胧胧的，露水正顺着草根往上爬；一个灰发的老人在那里摇纺车，身下垫一块蒲团，一条腿屈着，一条腿压在纺车底杆上，那车轮儿转得像一片雾，又像一团梦，分明又是一盘磁带了，唱着低低的、无穷无尽的乡曲……

这老人，就是我的母亲，一个没有文化的、普普通通的山地小脚女人。

那年月，正是"文化大革命"中期，我刚刚上了中学，当校长的父亲就被定为"走资派"，拉到远远的大深山里

"改造"去了。那是一座原始森林林场,方圆百里是高山,山上是莽林,穿着"黑帮"字样衣服的"改造者",在刺刀的监督下,伐木,运木,运木,伐木;即便是偶尔逃跑出来了,也走不出这林海就会饿死的。这是后话,都是父亲后来告诉我的。他在那里"改造"了七年。七年里,家里只有母亲,我和一个弟弟、两个妹妹。没有了父亲的工资,我们兄妹又都上学,家里就苦了母亲。她是个小脚,身子骨又不硬朗,平日里只是洗、缝、纺、浆,干一些针线活计。现在就只有没黑没明地替人纺线赚钱了。家里吃的,穿的,烧的,用的,我们兄妹的书钱,一应大小开支,先是还将就着应付,麦子遭旱后,粮食没打下,日子就越发一日不济一日了。我瞧着母亲一天一天头发灰白起来,心里很疼,每天放学回来,就帮她干些活:她让我双手扩起线股,她拉着线头缠团儿。一看见她那凸起的颧骨,就觉得那线是从她身上抽出来的,才抽得她这般地瘦,尤其不忍看那跳动的线团儿,那似乎是一颗碎了的母亲的心在颤抖啊!我说:

"妈,你歇会儿吧。"

她总给我笑笑,骂我一声:

"傻话!"

夜里,我们兄妹一觉睡醒来,总听见那"嗡儿,嗡儿"的声音,先觉得倒中听,低低的,像窗外的风里竹叶,又像院内的花间蜂群,后来,就听着难受了,像无数的毛毛虫在心上蠕动。我就爬起来，说：

"妈，鸡叫二遍了，你还不睡？"

她还是给我笑笑，说：

"棉花才下来，正是纺线的时候，前日买了五十斤苞谷，吃的能接上秋了，可秋天过去，你们又是一个新的学期呀……"

我想起上一学期，我们兄妹一共是二十元学费，母亲东借西凑，到底还缺五元。学校里硬是不让我报名，母亲急得发疯似的，嘴里起了火泡，热饭吃不下去，后来变卖了家里一只铜洗脸盆，我才上了学，已经是迟了一星期的了。现在，她早早就做起了准备……我就说：

"妈，我不念了，回来挣工分吧！"

她好像吃了一惊，纺车弦一紧，正抽出的棉线嘣的一声断了，说：

"胡说！起了这个念头，书还能念好？快别胡说！"

我却坐起来，再说：

"念下去有什么用呢？毕了业还不是回来当农民？早早回来挣工分，我还能养活你们哩！"

母亲呆呆地瓷在那里了，好久才说：

"你说这话，刀子扎妈的心。你不念书了，叫我怎么向你爸交代呀？"

一提起爸爸，她就伤心了，大颗大颗的眼泪滚下来。我看得害怕了，就再不敢说下去，赶忙向她求饶：

"妈，我再不敢说这话了，我念，我一定好好念。"

她却扑过来，紧紧地搂住了我，搂得那么紧，好像我是一块冰，她要用身子暖化成水儿似的。油灯芯跳了几下，发出了土红色，我要爬过去添油，她说：

"孩子，别添了。妈听你的，妈要睡呀。"

这一夜，她一直搂着我。

秋里雨水很旺，庄稼难得的好长势，可谁也没有料到，谷子饱仁的节候，突然一场冰雹，把庄稼全都砸趴到泥里去了。收成没了指望，母亲做饭更难了。一天三顿，半锅水下一小瓢儿米面，再煮一把豆子。吃饭时，她总是拿勺捞着豆子倒在我们碗里，自己却撇上边的汤喝；我们都夹着豆子要让她吃，她显得很快活，却总是说：

"我是嫌那有豆腥气，吃了犯胃的。"

母亲那时是真有胃病的；可我们却傻，还以为她说的是实情哩。

日子是苦焦的，母亲出门，手就总是不闲，常常回来口袋里装些野菜，胳肘下夹一把两把柴火。我们也就学着她的样，一放学回来，沿路见柴火就捡，见野菜就挑，从那时起，我才知道能吃的菜很多：麦瓜龙呀，苡苡草呀，灰条，水蒿什么的。这一天傍晚，我和弟弟挑了一篮子灰条，高高兴兴地回来，心想母亲一定要表扬我们了，会给我们做一顿菜团团吃了，可一进门，母亲却趴在炕上呜呜地哭。我们全都吓慌了，跪在她的身边，不知道发生了什么事，她突然一下子把我们全搂在怀里，问：

"孩子，想爸爸吗？"

"想。"我们说，心咚咚直跳。

"爸爸好吗？"

"好。"我们都哭开了。

"你们不能离开爸爸，我们都不能离开爸爸啊！"她突然大声地说，并拿出一封信来。我一看，是爸爸寄来的，我多么熟悉爸爸的字呀，多少天来，一直盼着爸爸能寄来信，可是这时，我却害怕了，怕打开那封信。母亲说：

"你五叔已经给我念过了，你再念一遍吧。"

我念起来：

"龙儿妈：

"我是多么想你们啊！我写给你们几封信，全让扣压了，亏得一位好心的看守答应把这封信给你们寄去……接到信后，不要为我难过，我一切都好。

"算起来，夫妻三十年了，谁也没料到这晚年还有那么大的风波！我能顶住，我相信党，也相信我个人。活着，我还是共产党人，就是死了，历史也会证明我是共产党的鬼。可是现在，我却坑害了你们。我知道你和孩子正受苦，这是使我常常感到悲痛的事，但你们要活下去，而且要活得好！

所以，我求你们忘掉我，龙儿妈，还是咱们离了婚好……"

我哇的一声哭了，弟弟妹妹也哭了起来，母亲却一个一个地拉起我们说：

"孩子，不要哭，咱信得过你爸爸，他就是坐个十年八年牢，咱等着他！龙儿，你给你爸爸回封信吧，你就说：咱们能活下去，黄连再苦，咱们能咽下！"

母亲牙齿咬着，大睁着两眼，我们都吓得不敢哭了，看着她的脸，像读着一本宣言。母亲的那眼睛，那眉峰，那嘴角，从那以后，就永生永世地刻在我的心上了。

这天夜里，天很黑，半夜里乌云吞了月亮，半空中响着雷，电也在闪，像魔爪一样在撕抓着，是在试天牢不牢吗？母亲安顿我们睡下了，她又坐在灯下纺起线来。那纺车摇得生欢，手里的棉花无穷无尽地抽线……鸡叫二遍的时候，又一阵炸雷，她爬过来，就悄悄地坐在我们身边，借着电光，端详起我们每一张脸，替我们揩去脸上的泪痕，当她给我揩泪的时候，我终忍不住，眼泪从闭着的眼皮下簌簌流下来，她说：

"你还没睡着？"

我爬起来，和母亲一块坐在那里。母亲突然流下泪来，说：

"咳，孩子，你还不该这么懂事的呀！"

我说：

"妈,你儿子已经长大了哩!"

母亲赶忙擦了擦眼泪说:

"孩子,我有一件事想给你说,我作难了半夜,实在不忍心,可也只有这样了。今年年景不好,吃的、烧的艰难,我到底是妇道人家,拿不来多少;你爸不在,弟弟妹妹都小,现在只能靠得上你了,你把书拿回来抽空自学吧,好赖一天挣些工分,帮我一把力吧。"

我说:

"我早该回来了,你别担心,我挣工分了,咱日子会好过哩。"

从此,我就退学务农了。生产队给我每天记四分工,算起来,每天不过挣了二角钱。但我总不白叫母亲养活了!母亲照样给人纺线,又养了猪,油、盐、酱、醋,总算还没断过顿的。

但是,这年冬天,母亲的纺车却坏了。先是一个轮齿裂了,母亲用铁丝缠了几道箍,后来就是杆子也炸了缝,一摇起来,就呱啦呱啦响,纺线没有先前那么顺手了:往日一天纺五两,现在只能纺三两。母亲很是发愁,我也愁,想买一辆新的,可去木匠铺打问过了,一辆新纺车得十五元。这十五元在哪儿呢?

这一天,我偷偷跑上楼,将爸爸藏在楼角的几大包书提了下来,准备拿到废纸收购店去卖了。正提着要出门,母亲回来了，问我去干啥，我说卖书去，她脸变了，我赶忙说：

"卖了，能凑着给你买一辆新纺车啊……"

母亲一个巴掌就打在我的脸上，骂道：

"给我买纺车？我那么想买纺车的？！唵！"

"不买新的，纺不出线，咱们怎么活下去呀？"我再说。

"活？活？那么贱着活？为啥全都不死了？！"她更加气得浑身发抖，嘴唇乌青，一只手死死抓着心口，我知道她胃疼又犯了，忙近去劝她，她却抓起一根推磨棍，向我身上打来，我一低头，忙从门道里跑出来，她在后边骂道：

"你爸一辈子，还有什么家当？就这一捆书，他看得命样重，我跟了他三十年，跑这调那，我带什么过？就这一包袱一包袱背了书走！如今又为这书，你爸被人绳捆索绑，我把它藏这藏那，好不容易留下来，你却要卖？你爸回来了还用不用？你是要杀你爸嘛！"

听了母亲的话，我才知道自己错了。我不敢回去，跑到生产队大场上，钻在麦秸堆中呜呜地哭了一场。哭着哭着，便睡着了，一觉醒来，竟是第二天早上了，拍打着头上的麦草，就往回走。才进巷口，弟弟在那里嘤嘤泣哭，一见我，就喜得不哭了，给我笑笑，却又哭开了，说：昨天晚上，全家人到处找你，崖沟里看了，水塘里看了，全没个影子，母亲差不多快要急疯了，直着声哭了一夜，头在墙上都撞烂了。

"哥哥,你快回去吧,你一定要回去!"

我撒脚就往回跑,跪在母亲面前,让她狠狠骂一顿,打一顿,但是,母亲却死死搂住我,让我原谅她,说她做妈的不好。

中午,隔壁刘五叔到家里来,给我们送了半口袋苞谷面,他是一位老实庄稼人,常常来家里走动,说他历史清白,世代贫农,到"黑帮"家里来,不怕被开除了农民籍。他问了父亲的近况,叹息了一番,就和母亲唠叨起家常,说到今年的收成,说到柴火茶饭,末了,就说起买纺车的事,他便出了主意:让我进山砍柴去卖吧,柴价上涨,一次砍五六十斤吧,也可以卖到二元钱哩。母亲先是不同意,我在旁紧紧撺掇,她沉吟了一会,说:

"他五叔,这行吗?孩子太嫩啊,有个三长两短,我对得起他爸吗?"

五叔说:

"这有什么办法呢?总要活呀!你放心吧,孩子交给我,我护着他,包没甚事的。"

母亲总算同意了,就帮我收拾了背笼、砍刀,天一黑,早早催我去睡了。半夜里,她摇我醒来,炕头上已放了碗热腾腾的糊涂饭,说是吃早饭。我怨她做饭做得稠,她说这是去出力呀,可不比平日。我给她盛了一碗,她硬不吃;逼紧了,扒拉两口,却把弟弟妹妹全摇醒,分给他们吃了。末了，我和五叔出门，她给我装了一手巾烤洋芋，一直送着出了村，千叮咛万叮咛了一番，方才抹着泪回去了。

在山上砍柴，实在不是件轻松事，我们弯弯曲曲地在河沟钻了半夜，天放亮的时候，才赶到砍柴地方。我们将干粮压在石板底下，五叔说，这样才不会让老鸹叼走的，就爬上崖上去砍那些枯蒿野棘。崖很陡，我总是爬不上去，五叔拉我上去了，却害怕地挪不开脚来。一棵野棘没有砍倒，手上就打了血泡，衣服也划破了，五叔就让我别砍了，他身子贴在崖壁上，砍得很是凶，满山满谷都是回音。我帮他整理柴堆，整到一块了，他捆成捆儿，就从山上推下沟去了。中午的时候，我们便溜下沟，拾掇了背笼，吃了干粮，欢天喜地地往回赶了。

回来的路显得比去时更长，走不到几程，小腿就哗哗直抖，稍不留神，就会跪倒下去了。路是顺河绕的，时不时还要过河面上的列石：走一步，心就在喉咙处跳一下，我一步一颠的，好容易过了最后一块列石，使劲往岸下一蹲，没想一步没踩稳，便扑地倒下了。五叔忙过来拉我，好容易从柴堆下爬起来，腿却碰破了，血水往外流。五叔就在山上撕一把蓖蓖芽草，在嘴里嚼烂了，敷在上面。血是不流了，但疼得厉害，五叔就让我只身走，他将两个背笼来回转背着。我看着心里不安，硬嚷着要背，他便让我背了在后边慢慢走，他将他的背笼背一程了，回来再接我。这样一直到了太阳西下，我们总算钻出了山沟，离家只有八里路了吧。我心里很高兴，时不时抬头看看前边：过了这个村，到了哪个庄呢？离家还能有多远呢？这一次刚一抬头，就看见前边走来一个人，背着一个空背笼，头发被风刮披在后肩，样子很是单薄。啊，这不是母亲吗？我大声叫道：

"妈！妈——"

果然是母亲！她是来接我的。一看见我背了这么多的柴，喜欢得什么样的，再一见我腿上的伤，眼泪就流了下来。我说：

"妈，这一定有六十斤哩，可以卖二元钱哩，再去砍上五六次，就可以买个新纺车了哩！妈，你也应该高兴呀！"

母亲就对我努力地笑笑，分了一半柴背了，娘儿俩一路说不完的话。

这背笼柴，第三天的集市上便卖了，果然卖了二元钱。一家人捏着那票子，一张一张蘸着唾沫数了，又用红布包了，压在箱子底里。打这以后，打柴给了我希望和力量，差不多隔三天就进一次山。头几次倒要五叔照顾，后来自己也练出来了。柴打回来，是我最有兴致的时候，总是不歇，借杆秤称了，一根一根在门前垒齐了，就给母亲和弟妹讲山上的故事。我讲多长，他们就听多久。

就在那月底，我们全家人都到木匠铺去，买回来了一辆新的纺车。最高兴的莫过于母亲了，她显得很年轻，脸上始终在笑着,把那纺车一会儿放在中堂上,一会儿又搬到炕角上,末了,又移到院中的榆树下去纺。她让我给爸爸写信,告诉他这是我的功劳,说孩子长大了,真的长大了,让他什么也别操心,好好珍重身子,将来回来了,儿子还可以买个眼镜给他,晚上备课就不眼花了。最后,硬要弟弟、妹妹都来填名,还让我握着她手在信上画了字。这一次,她在新纺车上纺了六两线,那"嗡儿,嗡儿"的声音,响了一天半夜,好像那是一架歌子,摇摇任何地方,都能发出音乐来的。

母亲的线越纺越多,家里开始有了些积攒,母亲就心大起来,她跟邻居借了一架织布机,织起布来卖了。终日里,小院子里一道一道的绳子上,挂满了各色二浆线。太阳泛红的时候,就喜欢经线、线筒儿一摆儿插在那里,她牵着几十个线头,魔术似的来回拉着跑,那小脚踮踮的,像小姑娘一样地快活了。晚上,机子就在门道里安好了,她坐上去,脚一踏,手一扳,哐里哐当,满机动弹:家里就又增加起一种音乐了。

母亲织的布,密、光、白的像一张纸,花的像画一样艳,街坊四邻看见了,没有一个不夸的。布落了机,就拿到集市去卖,每集都能买回来米呀,面呀,盐呀,醋呀,竟还给我们兄妹买了东西:妹妹是一人一面小圆镜;我和弟弟是一支钢笔,说以后还要再买些书,让我们好好自学些文化。

我照例还去砍柴。没想有一次砍了漆树，竟中了毒，满脸满身上长出红疹子，又肿起来，眼睛都几乎看不见了。不几天，弟弟妹妹和母亲也中毒，脸都肿得发亮。听人说，用韭菜水洗能治好，母亲就到处找韭菜，熬了水一天三次给我们洗。可她，还是照样纺线，照样织布，当织完一个布下来，她眼睛快肿成一个烂桃儿样了。我拿了这布去卖，没想，那集上来了民兵小分队，说是要刹资本主义妖风，就开始包围了集市检查。集市炸了，人们没命地惊跑，我抱了布慌慌张张跑进一个巷去，那巷却是条死巷，就叫小分队将布收走了。我哭着回来，又不敢回家，只坐在村口哭。母亲知道了，把我拉了回去，弟弟妹妹在家里也哭作一团，眼看太阳压山了，中午饭也没心思去做。母亲让弟弟做，弟弟说他不饿，让我去做，我说肚子发鼓胀，母亲叹了一口气，自己去舀水起火，但很快又从厨房出来，端了一盆韭菜水放在我们面前，说：

"不许哭！都洗洗脸！"

我们都止了哭，洗了脸。

母亲就拉了我们向镇子上走去，一直走到镇中一家饭馆里，让我们坐了，买了五碗米饭，一盘大肉，一盘豆腐，一盘粉条，说：

"吃吧，孩子，这饭可香哩！"

我们都不吃，她就先吃起来，大口大口地，吃得很香；

我们也就都吃起来,但觉得并不香。母亲问:

"香吗?"

弟弟摇摇头,我赶忙递过一个眼色,于是我们都齐声说:

"好香。"

吃罢饭,母亲说她到民兵小分队部去一趟,让我把弟弟妹妹领回去,再好好洗洗韭菜水。这一夜,她便没有回来,我们都提心吊胆的。第二天一早,她回来了,满脸的高兴,说她把布要回来了,可走到半路,就又出售,接着就手揣在怀里,说:

"你猜,我给你买了什么?"

"烧饼!"我说。

"再猜。"她笑着说。

"帽子!"我想这一下一定猜对了。

母亲还是摇摇头,突然一亮手,原来是一本语文课本。她喜欢地说:

"孩子,日子能过得去了,就要把学习捡起来,要不爸爸回来了,看见一个校长的儿子是文盲,他会怎么个伤心呢?"

我说:

"学那有什么用场!"

她生气了:

"再不准你说这没出息的话！文化还有瞎的地方？"

我问起布是怎么还来的，她只笑笑，说句"我要的"，就罢了。后来我才打听到，原来母亲去要布时，人家百般训斥，拿难听的话骂她，她只是不走，人家就下令：要取回布，必须把分队部门前的一条排水沟挖通。她咬了咬牙，整整在那里挖了一夜……可她，我的好母亲，至今没有给我们说过这一段辛酸事儿。

有了笔，又有了书，一抽空，我就狠命地学习起来。每天晚上了，我要是看书，母亲就纺着线陪我；她要是纺线，我就看着书陪她。这样，分两处点油灯，煤油用得很费，母亲就把纺车搬到我的房间来纺，可那纺车"嗡儿，嗡儿"地响，她怕影响我，就又把纺车搬到院里的月光下去纺了。每当我看书看得身疲意懒，就走出门来，站在台阶上看母亲纺线，那"嗡儿，嗡儿"的响声，立刻给我浑身一震，脑子也就清醒多了，反身又去看书。

几乎就从那时起，我便坚持自学，读完了初中课程，又读完了高中课程，还将楼上爸爸的那几大包书也读了一半。爸爸"解放"回来了，那时他的问题才着手平反，我就报考了大学，竟被录取了。从此，我就带着母亲为我做的那套土布印花被子，来到了大城市，开始了新的生活，几年间，再没有见到我的母亲。后来，父亲给我来了信，信上说：

"我的问题彻底落实了，组织上给平了反，恢复了职务，又补发了二千元工资。但你母亲要求我将一千元交了党费，另一千元买了一担粮食，给救济过咱家的街坊四邻每家十元，剩下的五百元，全借给生产队买了一台粉碎机。她身体似乎比以前还好，只是眼睛渐渐不济了，但每天每晚还要织布、纺线……"

读着父亲的信，我脑子里就又响起那"嗡儿、嗡儿"的声音了。啊，母亲，你还是坐在那院中的月光底下，摇着那辆纺车吗？那榆树梢上的月亮该是满圆了吧？那无穷无尽的棉线，又抽出了你多少幸福的心绪啊，那辆纺车又陪伴着你会唱出什么新的生活之歌呢？母亲！

1979年8月4日夜作于西安

静虚村记

如今，找热闹的地方容易，寻清静的地方难；找繁华的地方容易，寻拙朴的地方难，尤其在大城市的附近，就更其为难的了。

前年初，租赁了农家民房借以栖身。

村子南九里是城北门楼，西五里是火车西站，东七里是火车东站，北去二十里地，又是一片工厂，素称城外之郭。奇怪台风中心反倒平静一样，现代建筑之间，偏就空出这块乡里农舍来。

常有友人来家吃茶，一来就要住下，一住下就要发一通讨论，或者说这里是一首古老的民歌，或者说这里是一口出了鲜水的枯井，或者说这里是一件出土的文物，如宋代的青瓷，质朴，浑拙，典雅。

村子并不大，屋舍仄仄斜斜，也不规矩，像一个公园，又比公园来得自然，只是没花，被高高低低的绿树、庄稼包围。在城里，高楼大厦看得多了，也便腻了，陡然到了这里，便活泼泼地觉得新鲜。先是那树，差不多没了独立形象，枝叶交错，像一层浓重的绿云，被无数的树桩撑着。走近去，绿里才见村子，又尽被一道土墙围了，土有立身，并不苫瓦，却完好无缺，生了一层厚厚的绿苔，像是庄稼人剃头以后新生的青发。

拢共两条巷道，其实连在一起，是个"U"形。屋舍相面，门对着门，窗对着窗；一家鸡叫，家家鸡都叫，单声儿持续半个时辰；巷头家养一条狗，巷尾家养一条狗，贼便不能进来。几乎都是茅屋，并不是人家寒酸，茅屋是他们的讲究：冬天暖，夏天凉，又不怕被地震震了去。从东往西，从西往东，茅屋撑得最高的，"人"字形搭得最起的，要算是我的家了。

村人十分厚诚，几乎近于傻昧，过路行人，问起事来，有问必答，比比画画了一通，还要领到村口指点一番。接人待客，吃饭总要吃得剩下，喝酒总要喝得昏醉，才觉得惬意。衣着朴素，都是农民打扮，眉眼却极清楚。当然改变了吃浆水酸菜，顿顿油锅煎炒，但没有坐在桌前用餐的习惯，一律集在巷中，就地而蹲。端了碗出来，却蹲不下，站着吃的，只有我一家，其实也只有我一人。

我家里不栽花，村里也很少有花。曾经栽过多次，总是枯死，或是萎缩。一老汉笑着说：村里女儿们多啊，瞧你也带来两个！这话说得有理。是花嫉妒她们的颜色，还是她们羞得它们无容？但女儿们果然多，个个有桃花水色。巷道里，总见她们三五成群，一溜儿排开，横着往前走，一句什么没盐没醋的话，也会惹得她们笑上半天。我家来后，又都到我家来，这个帮妻剪个窗花，那个为小女染染指甲。什么花都不长，偏偏就长这种染指甲的花。

啥树都有，最多的，要数槐树。从巷东到巷西，三搂粗的十七棵，盆口粗的家家都有，皮已发皱，有的如绳索匝缠，有的如渠沟排列，有的扭了几扭，根却委屈地隆出地面。槐花开时，一片嫩白，家家都做槐花蒸饭。没有一棵树是属于我家的，但我要吃槐花，可以到每一棵树上去采。虽然不敢说我的槐树上有三个喜鹊窠、四个喜鹊窠，但我的茅屋梁上燕子窝却出奇地有了三个。春天一暖和燕子就来，初冬逼近才去，从不撒下粪来，也不见在屋里落一根羽毛，从此倒少了蚊子。

最妙的是巷中一眼井，水是甜的，生喝比熟喝味长。水抽上来，聚成一个池，一抖一抖地，随巷流向村外，凉气就沁了全村。村人最爱干净，见天天有人洗衣。巷道的上空，即茅屋顶与顶间,拉起一道一道铁丝,挂满了花衣彩布。最艳的,最小的,要数我家:艳者是妻子衣,小者是女儿裙。吃水也是在那井里的,需天天去担。但宁可天天去担这水,不愿去拧那自来水。吃了半年,妻子小女头发愈是发黑,肤色愈是白皙,我也自觉心脾清爽,看书作文有了精神、灵性了。

当年眼羡城里楼房,如今想来,大可不必了。那么高的楼,人住进去,如鸟悬窠,上不着天,下不踏地,可怜怜掬得一抔黄土,插几株花草,自以为风光宜人了。殊不知农夫有农夫得天独厚之处。我不是农夫,却也有一庭土院,闲时开垦耕耘,种些白菜青葱。菜收获了,鲜者自吃,败者喂鸡,鸡有来杭、花豹、翻毛、疙瘩,每日里收蛋三个五个。夜里看书,常常有蝴蝶从窗缝钻入,大如小女手掌,五彩斑斓。一家人喜爱不已,又都不愿伤生,捉出去放了。那蛐蛐就在台阶之下,彻夜鸣叫,脚一跺,噤声了,隔一会,声又起。心想若是有个儿子,儿子玩蛐蛐就不用跑蛐蛐市掏高价购买了。

门前的那棵槐树,唯独向横的发展,树冠半圆,如裁剪过一般。整日看不见鸟飞,却鸟鸣声不绝,尤其黎明,犹如仙乐,从天上飘了下来似的。槐下有横躺竖蹲的十几个碌碡,早年碾场用的,如今有了脱粒机,便集在这里,让人骑了,坐了。每天这里人群不散,谈北京城里的政策,也谈家里婆娘的针线，谈笑风生，乐而忘归。直到夜里十二点，家家喊人回去。回去者，扳倒头便睡的，是村人；回来捻灯正坐，记下一段文字的，是我呢。

来求我的人越来越多了，先是代写书信，我知道了每一家的状况，鸡多鸭少，连老小的小名也都清楚。后来，更多的是携儿来拜老师，一到高考前夕，人来得最多，提了点心，拿了水酒。我收了学生，退了礼品，孩子多起来，就组成一个组，在院子里辅导作文。村人见得喜欢，越发器重起我。每次辅导，门外必有家长坐听，若有孩子不安生了，就进来张口就骂，举手便打。果然两年之间，村里就考中了大学生五名、中专生十名。

天旱了，村人焦虑，我也焦虑，抬头看一朵黑云飘来了，又飘去了，就咒天骂地一通，什么粗话野话也骂了出来。下雨了，村人在雨地里跑，我也在雨地跑，疯了一般，有两次滑倒在地，磕掉了一颗门牙。收了庄稼，满巷竖了玉米架，柴火更是塞满了过道，我骑车回来，常是扭转不及，车子跌倒在柴堆里，吓一大跳，却并不疼。最香的是鲜玉米棒子，煮能吃，烤能吃，剥下颗粒熬稀饭，粒粒如栗，其汤有油汁。在城里只道粗粮难吃，但鲜玉米面做成的漏鱼儿，搅团儿，却入味开胃，再吃不厌。

小女来时刚会翻身，如今行走如飞，咿呀学语，行动可爱，成了村人一大玩物，常在人掌上旋转，吃过百家饭菜。

妻也是好人缘,一应大小应酬,人人称赞,以至村里红白喜事,必邀她去,成了人面前走动的人物。而我,是世上最呆的人,喜欢静静地坐地,静静地思想,静静地作文。村人知我脾性,有了新鲜事,跑来对我叙说,说毕了,就退出让我写,写出了,嚷着要我念。我念得忘我,村人听得忘归;看着村人忘归,我一时忘乎所以,邀听者到月下树影,盘脚而坐,取清茶淡酒,饮而醉之。一醉半天不醒,村人已沉睡入梦,风止月暝,露珠闪闪,一片蛐蛐鸣叫。我称我们村是静虚村。

鸡年八月,我在此村为此村记下此文,复写两份,一份加进我正在修订的村史前边,作为序,一份附在我的文集之后,却算是跋了。

1982年

编辑附记

本套"名家散文珍藏"丛书收入现当代文学名家的散文经典。

为了方便读者阅读,同时兼顾原作风貌,我们在编辑过程中,适当修改了明显的排印错误和个别容易造成理解混乱的字词及标点符号。对于体现作家鲜明创作个性的字词和反映当时行文习惯的标点符号予以保留。

图书在版编目(CIP)数据

贾平凹散文 / 贾平凹著. —杭州:浙江文艺出版社,
2019.9(2022.2 重印)
(名家散文珍藏)
ISBN 978-7-5339-5808-4

Ⅰ.①贾… Ⅱ.①贾… Ⅲ.①散文集—中国—当代 Ⅳ.①I267

中国版本图书馆CIP数据核字(2019)第186737号

责任编辑	冯静芳　邓东山
装帧设计	观止堂_未氓
责任校对	唐　娇
责任印制	张丽敏

贾平凹散文
JIA PINGWA SANWEN

贾平凹　著

出版	浙江文艺出版社
网址	www.zjwycbs.cn
经销	浙江省新华书店集团有限公司
制版	杭州天一图文制作有限公司
印刷	浙江省邮电印刷股份有限公司
开本	850毫米×1168毫米　1/32
字数	158千字
印张	8.625
插页	5
印数	7001-9000
版次	2019年9月第1版
印次	2022年2月第3次印刷
书号	ISBN 978-7-5339-5808-4
定价	42.00元

版权所有　违者必究
(如有印、装质量问题,请寄承印单位调换)